新 潮 文 庫

文士の料理店《レストラン》

嵐山光三郎著

新 潮 社 版

9723

文士の料理店《レストラン》・目次

文士の料理店《レストラン》

森鷗外と「蓮玉庵《れんぎょくあん》」

「このまま往《い》っては早過ぎるね」と、僕は云《い》った。

「蓮玉へ寄って蕎麦《そば》を一杯食って行こうか」と、岡田が提議した。

僕はすぐに同意して、一しょに蓮玉庵へ引き返した。その頃下谷から本郷へ掛けて一番名高かった蕎麦屋である。

（『雁』）

蓮玉庵
東京都台東区上野 2-8-7
03-3835-1594

鷗外は書く気になれば『東京料理店案内』を出せるほど東京の料理店に精通していた。よく通った店は九段富士見軒、赤坂偕楽園《かいらくえん》、築地《つきじ》精養軒、カフェ・プランタン、銀座天金、伊予紋《いよもん》、八百善《やおぜん》、奥山の万盛庵、本郷三丁目青木堂、鉢《はち》の木、上野の牛肉料理店世界などで、いまはその大半が姿を消した。

二十六歳でドイツより帰朝した祝賀会を催した上野精養軒や、銀座資生堂、不忍池《しのばずのいけ》の傍にある鰻《うなぎ》屋伊豆栄《いずえい》はいまなお店が繁盛《はんじょう》している。

四十五歳で陸軍軍医総監になった鷗外は、高級料理店で会食する機会が多く、子どもらを連れて、まめに人気店へ行った。長男の森於菟《おと》は、上野精養軒、九段富士見軒、赤坂偕楽園へ連れていかれた。神田川へ鰻を食べに行ったときは「長く待たされるのですこぶる退屈した」（『父親としての森鷗外』）と回想している。次女の小堀杏奴《こぼりあんぬ》がよく覚えているのは本郷三丁目にあった青木堂で「青木堂ではその頃よく、燐寸《マッチ》の箱くらいの大きさで、油絵のペエパアの貼《は》ってある小い箱に入ったチョコレエトを買ってもらった」（『晩年の父』）という。長女の森茉莉《まり》は「佐佐木（信綱《のぶつな》）さんの園遊会や、岩崎（弥太郎《やたろう》）さんのお庭、伊予紋や八百善、神田川、天金に、十二ケ月。上野の山のお花見、浅草の仲見世、奥山の万盛庵」（『幼い日々』）とこまかく書き残している。宮中の催しに招かれた鷗外は、デザートに出たキャラメルやチョコレートや干《ひ》菓子《がし》を、軍服の隠しに入れて子に持ち帰った。

四十五歳のとき、本郷千駄木《せんだぎ》の自宅で開いた観潮楼《かんちょうろう》歌会で、レクラム料理という洋食を出した。ドイツのレクラム社から出版されたレクラム文庫（ちなみに岩波文庫はレクラム文庫を範とした）の料理本を鷗外が訳して、それをもとに妹の小金井喜美子《きみこ》と母の峰子が調理した。

観潮楼歌会は、鷗外が与謝野寛《よさのひろし》、佐佐木信綱ら歌人を呼んで催した歌会で、のちに北原白秋や石川啄木《たくぼく》も参加し、歌会には、このレクラム料理が供された。挽肉《ひきにく》から出る肉汁《スープ》に塩と胡椒《こしょう》で味をつけるドイツ料理で、ジャガ芋コロッケやキャベツ巻といった簡素なものだが、鷗外邸で供されるという晴れがましさが客にとっては至上の光栄であった。

鷗外の蔵書は東大図書館にあり、カラー図版入りの医学書や貴重な漢書などは厳重に保管されているが、レクラム文庫はぼう大な蔵書に埋もれて見つからなかった。

平成十一年に拙著『文人悪食《ぶんじんあくじき》』（新潮文庫）の鷗外と漱石の項を、ＮＨＫ（制作はテレコムスタッフ）が一時間番組『食は文学にあり』にしたとき、ようやく蔵書の一隅に埋もれているレクラム文庫を見つけた。堅い表紙で製本されていたため、文庫本であることに気がつかなかった。

「玉子焼き」（17時より）

それも明治時代の古いドイツ語であったため、訳すのに手間どり、どうにか訳してレシピを作り、それをもとに道場《みちば》六三郎氏に調理していただき、池内紀《おさむ》氏や江國《えくに》香織さんと食べた。そのシーンもＮＨＫ『食は文学にあり』に収録された。

その料理は、あまりにもうますぎた。道場氏が腕によりをかけて調理したためで、実際のレクラム料理は、もっと塩の強い味であったろう、と推察した。番組の反響が大きく、小倉のホテルでも「鷗外のレクラム料理」を食べるパーティが開かれ、私は講演に呼ばれたが、料理は予測通りうまくないので満足したのだった。「文士の料理店」は、ただうまければよしというものではないところがややこしい。

鷗外がドイツで学んだのは衛生学である。細菌学者コッホのもとで細菌学を学んだ鷗外は、なまものに対して極度の警戒心を持ち、果物は煮て食べた。六十歳で没するときの最後の食事は桃を煮たものであった。

好物は野菜煮、蕗《ふき》、空豆《そらまめ》、梅、豌豆《えんどう》、杏子《あんず》、焼き茄子《なす》、筍《たけのこ》である。嫌いなものは福《ふく》神漬《じんづけ》と鯖《さば》の味噌煮《みそに》だった。福神漬は戦地（日清《にっしん》戦争と日露戦争へ軍医として出陣）で毎日食べさせられ、鯖は学生下宿で毎日食べさせられたためだ。千住《せんじゅ》に住んだころは、来客があると鰻を出したが「自分には中串《ちゅうぐし》を」と注文した。しつこい味の鰻はあまり好物ではなく、あっさりとした和風味を好んだ。

観潮楼歌会でレクラム料理を供したのは、自宅で作る洋食は衛生的でかつ和風味であったためだ。子どもたちを連れて上野精養軒へ行ったときも「マヨネーズのようなドロドロしたものは食うな」と言った。ドロドロした料理は、作るときも、皿に盛るときも細菌が入りやすく、衛生上よくないという持論だ。

役所での弁当は握り飯二個であった。握り飯の中身は決って炒《い》り卵と小魚の辛く煮たものが入っていて、役所の同僚は「よほどの倹約家だ」と噂《うわさ》したが、なに、上等の握り飯であった。

鷗外が好んだ饅頭《まんじゅう》茶漬や焼芋に関しては『文人悪食』に詳しく書いたので、そちらを読んでいただきたい。娘の森茉莉は、鷗外を「自分の中に獅子《しし》を飼っていて、それをおとなしくさせている父」と評している。「誇り高き獅子」の味覚を知るためには、上野不忍池から散歩をして「蓮玉庵」へ行く。

鷗外が五十三歳のときに完成した小説に『雁《がん》』がある。「僕」が学生時代に住んだ上条という下宿に岡田という医学生がいて、その岡田が純情なお玉という女に恋愛感情をもつ。お玉は、結婚に失敗して、自殺しようとしたが果たせず、高利貸し末造の妾《めかけ》になっていた。お玉も岡田に恋情をもつが、その恋は実らずに岡田はドイツへ留学してしまう。

純朴な医学生と無垢《むく》な美少女との淡くせつない別れを描いた小説は話題を呼び、映画や舞台でも上演された。手もとの新潮文庫は百十二刷というロングセラーである。

『雁』に蓮玉庵という蕎麦屋が出てくる。

岡田の日々《にちにち》の散歩は、寂しい無縁坂《むえんざか》を降りて、不忍池の北側を廻り、上野の山をぶらついて広小路《ひろこうじ》へ出て、狭い仲町《なかちょう》を通って、湯島天神に入る。『雁』に出てくる地名は、いまも残っているので、鷗外が書いたコースを散策できる。「狭い仲町」とあるのはいまの「仲町通り」という飲み屋街で、通りに入って二十メートルほど進むと、洋食店や居酒屋に埋もれるように蓮玉庵がある。

入口の植込み台から蔓草《つるくさ》が格子《こうし》窓までからまり、古い木の看板に、白文字で「蓮玉庵」（久保田万太郎筆）と書かれている。

暖簾《のれん》をくぐって店に入ると、テーブルが七席。酒は菊水で、注文すると間髪をいれず、ほどのいいぬる燗《かん》が出てくる。店では酒のことを「御酒《ごしゅ》」という。つまみは濃く煮しめた昆布の佃煮《つくだに》で、鷗外の好みだ。鷗外が好んだ玉子焼きは、わずかに焦《こ》げ目がついて甘みのほどがよく、海苔《のり》の佃煮が添えてある。

鳥肉のつくね焼きは香ばしく、なめ味噌が添えられている。やきのりも鷗外の好物である。蓮玉庵の酒肴《しゅこう》は八品のみで、いずれも気取りがなく律義《りちぎ》な味だ。講釈がいら

霧下そばを使った「せいろ」

ないきちんとした味である。厚切りの蒲鉾《かまぼこ》にはすりおろした山葵《わさび》が添えられ、穴子のゆず味噌は煮こごり状になっている。

鷗外宅の観潮楼から二キロほどだから千駄木から不忍通りを歩けば二十分ほどで蓮玉庵に着く。森茉莉は「私はよく父と鰻屋や、蕎麦屋に上った。父は座敷に上るとサーベルを外し、それを床の間の片隅《かたすみ》に横にして置いた」（『靴の音』）と回想している。「こうして置けば倒れる心配がない」と言って、座蒲団《ざぶとん》を丁度いい場所に引っ張って、胡床《あぐら》をかいて座った。鷗外はどこへ行くにも軍服と軍刀姿だった。

『雁』に登場する金貸しの末造は、「蓮玉で蕎麦を食う位が既に奮発の一つ」になっているけちな料簡《りょうけん》の男だが、末造には鷗外自身が托《たく》されている。可憐《かれん》なお玉は、鷗外の妾をしていた児玉《こだま》せきがモデルと推測される。鷗外は二十八歳で最初の妻登志子と別れてから、登志子が没する三十八歳まで独身で通し、その間、児玉せきという隠し妻がいた。児玉せきは「忍従の世界に生きた知性も教養も低く、まず一通り善良で相当に美しい気の毒な人」（森於菟『鷗外の隠し妻』）であった。

登志子が没した二年後、三十九歳の鷗外は十八歳下の志げと再婚した。『雁』は志げと再婚した九年後の明治四十四年九月に雑誌「スバル」で連載を始めた。

鷗外は、別れた児玉せきを追憶して「お玉」として再生させ、自分をあえて悪役の旦那《だんな》に見たてる度量があった。ただし、話の最後に（お玉の消息は）「読者は無用の臆測《おくそく》をせぬが好《よ》い」と釘《くぎ》をさしている。

「スバル」に連載した『雁』は、明治天皇崩御と乃木希典《のぎまれすけ》夫妻殉死という事件があったため、執筆が二年間に何度か中断され、大正二年に連載は終了した。この恋愛話のタイトルが、なぜ『雁』なのかは、終章近くで示される。

「僕」は岡田や石原という下宿の学生と、池にいる雁に石を投げて獲《と》り、石原が「雁は御馳走《ごちそう》するから」という。池に飛んできた雁を獲って食べたのは、おそらく学生時代の実話で、そこから小説『雁』が構想された。岡田は「不しあわせな雁もあるものだ」と同情し、「蓮玉へ寄って蕎麦を一杯食って行こうか」と「僕」を誘う。「不しあわせな雁」はお玉でもあるのだ。

蓮玉庵は安政六年（一八五九）に、不忍池沿いに開店した。不忍池の蓮《はす》の露にちなんで蓮玉庵と名づけたのは初代八十八《やそはち》である。鷗外はじめ坪内逍遥《しょうよう》、樋口《ひぐち》一葉など明治の文人が通った老舗《しにせ》で、いまは六代目の澤島孝夫《さわしまたかお》さんが店を切り盛りしている。

酒の肴《さかな》に鴨《かも》の燻製《くんせい》があった。スライスした白葱《しろねぎ》が乗っている。洋辛子をつけて食べると、たちまち『雁』の最終シーンを思い出した。

蓮玉庵は、御酒も肴も六三〇円（やきのり以外）でせいろ蕎麦も六三〇円。蕎麦は

たっぷりのったねぎも美しい「鳥南ばんそば」

腰が強く、キレがあり喉《のど》ごしがいい。辛めのつゆである。昔気質《かたぎ》の店で、なるほど鷗外はこういう店を好んだのだ、と納得した。

蓮玉庵は昭和二十九年に不忍池から、すぐ近くの仲町通りに移った。店には大学教授や地元の職人といった客が多く、いずれの客も下町の気品があり、明治の風が吹いてくる風情《ふぜい》だ。蓮玉庵で酒を飲めば一人前の文士になった気がする。

森鷗外（もり・おうがい　1862〜1922）
石見国《いわみのくに》津和野生まれ。東京帝国大学医学部卒。陸軍軍医としてドイツに留学、帰国後「しがらみ草紙」を創刊して文学評論活動を展開。陸軍軍医総監という地位に上り詰める傍ら、『舞姫』を始めとする創作や『即興詩人』の翻訳、「スバル」創刊など、日本近代文学史に大きな足跡を残した。後年は歴史小説・史伝に転じ、代表作に『阿部一族』『高瀬舟』『山椒大夫《さんしょうだゆう》』などがある。

夏目漱石と「松栄亭」

四月二十日　土

今日ノ昼飯　魚、肉米、芋、

プヂング、pine-apple、クルミ、密《原》柑

七時茶　姉妹トモ外出新宅ノ窓掛其他ノ尺ヲトル為《ため》ナリ

非常ナル快晴珍ラシ風立ツ

（「日記　明治三十四年」）

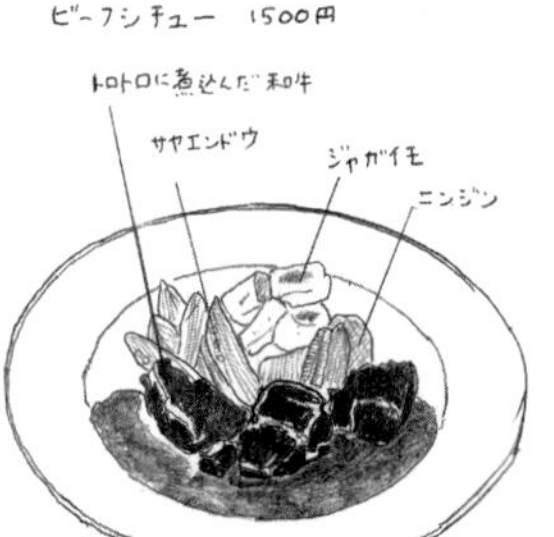

松栄亭

東京都千代田区神田淡路町 2-8

03-3251-5511

松栄亭は明治四十年（一九〇七）に開店した洋食店である。初代堀口岩吉は万延元年（一八六〇）生まれ。横浜で西洋料理を修業し、東京へ出て麹町《こうじまち》の洋食店・宝亭のコックをしていた。

その腕を見こまれて建築家ゼールのハウスコックとなり、ゼールの紹介で東京帝国大学がドイツより招聘《しょうへい》した哲学教授フォン・ケーベル博士のハウスコックになった。漱石がイギリスから帰国して、東京帝国大学英文科講師になったのは明治三十六年（三十六歳）。漱石の年齢は明治の年号と同じだから覚えやすい。大学をやめて東京朝日新聞に入社したのが明治四十年で、ちょうど、初代が松栄亭を開店した年である。

漱石が英文科講師をしていたころ、幸田露伴の妹の幸田延（ピアニスト）を連れて、ケーベル教授宅へ遊びにいった。

「なにか、めずらしい料理をすぐにこしらえて下さい」と漱石に注文されたが、突然の訪問だから何の用意もない。岩吉はタマネギと豚肉と鶏卵を、小麦粉をつなぎにしてフライにした。なんか乱暴な感じ。

ところが、これが大好評であった。

岩吉はケーベル先生宅でハウスコックをするかたわら、小さな洋食店・松栄亭をはじめた。

漱石に出したフライを洋風かきあげとして出すと、うまいうまいと評判になり、定番の人気料理となった。という話は三十五年前に池波正太郎氏に教えられた。雑誌「太陽」で同僚の筒井ガンコ堂が、池波氏の連載『散歩のとき何か食べたくなって』（新潮文庫）の担当者で、私もついていった。

漱石が好んだ洋食だと知ると、どうしても食べたくなる。松栄亭の洋食は律義《りちぎ》な味がする。料理に工夫があり、品かずが多くて、しかも値が安い。明治の料理の味がする。といったって、こちらは明治に生まれたわけでないから、実際のところはわからないが、そんな気にさせられる。それは初代岩吉から二代信夫、三代博にうけつがれてきた味なのである。つまり「日本の洋食」である。洋食を日本風にアレンジしたアイデア料理。その原形が残っている。こんなのは外国の店では食べられない。

洋風かきあげは九〇〇円である。一週間煮込んだハヤシライスも九〇〇円。海老《えび》フライ一一五〇円。ドライカレー六八〇円。漬物一〇〇円。一番値が高いビーフシチューでも一五〇〇円。

どれもこれも食べたくなるから、数人で出かけて、わけて食べる池波流会食となる。かきあげもハヤシライスもビーフシチューも少しずつ分けて食べるのが楽しい。

漱石が『吾輩《わがはい》は猫である』を書いたのは明治三十八年、『坊っちゃん』を書いたの

シンプルなのが嬉しい
「チキンライス」

は三十九年。教師をしているかたわら、代表作を書いてしまった。ちょうど松栄亭のかきあげを食べたころである。「坊っちゃん」は大食漢で天麩羅蕎麦《てんぷらそば》四杯を食べて、天麩羅先生とあだ名をつけられるキャラクターである。

明治四十年に大学をやめ、朝日新聞社へ入社すると宴会へ招かれることが多くなった。もともと胃弱であった漱石は、ロンドンの食事があわず、ノイローゼになったが、帰国すると、あれやこれやと食べるようになった。それでも、朝日新聞に定期的に小説を書きつづけるストレスのために胃が痛む。食欲は旺盛《おうせい》なのに腹いっぱい食べられない。形式ばった宴会料理が嫌いである。

早稲田《わせだ》の家へは、友人やら弟子がつぎつぎに集ってくる。

酒癖の悪い鈴木三重吉《みえきち》、一度にトンカツを六枚食う内田百閒《ひゃっけん》、自分の家にいるつもりの小宮豊隆《とよたか》、勝手に洋食出前をとる高浜虚子《きょし》、など多士済々《せいせい》だ。まだ学生の芥川《あくたがわ》龍之介《りゅうのすけ》や久米《くめ》正雄もきて、来るたびに宴会になる。神楽坂《かぐらざか》の川鉄から鳥鍋《とりなべ》をとり、どんちゃん騒ぎになり、鈴木三重吉が悪酔いしてからんだ。

安倍能成《あべよししげ》や松根東洋城《とうようじょう》が来ると、神楽坂の田原屋《たわらや》からメンチボールやエビフライをとりよせた。漱石は胃腸病であるのに、洋食を好んだ。自宅の宴会で、客に洋食や肉《にく》鍋《なべ》をふるまうのは、食べる代行者を求めていた、という側面がある。

明治四十年に『虞美人草《ぐびじんそう》』、四十一年に『夢十夜』、四十三年に『門』を書いたところでストレスの限界がきた。胃潰瘍《いかいよう》のため入院し、転地療養で修善寺《しゅぜんじ》温泉へ行って、大量の吐血をして危篤《きとく》状態に陥った。いわゆる「修善寺の大患《たいかん》」である。

翌四十四年七月十日に、安倍能成宅経由でケーベル先生宅へ行った。洋風かきあげは、この日に岩吉が出した料理とする説もある。とすると、漱石の胃弱を知っていた岩吉が、豚肉とタマネギと鶏卵と小麦粉をさっぱりと揚げて、ソフトな料理を出した、とも考えられる。

帰国後の漱石の日記から食べ物の項をひろっていくと、

京都二條《にじょう》の橋のたもとの西洋料理。京都鍵屋《かぎや》の西洋菓子。観世落雁《かんぜらくがん》。月餅《げっぺい》。大阪朝日新聞社のホテル晩餐会《ばんさんかい》。京都一力亭《いちりきてい》。ザボンの皮の砂糖漬（貰《もら》い物）。開化丼《かいかどん》。神田川の鰻《うなぎ》。紅屋の唐饅頭《とうまんじゅう》。彼岸のお萩《はぎ》。星が岡茶寮（寺田寅彦《とらひこ》送別会）。秋田蕗《ふき》の砂糖漬（貰い物）。越後の笹飴《ささあめ》（貰い物）。浜町の料亭常磐《ときわ》。西洋軒のすき焼。鶉《うずら》料理。鶏《とり》のすき焼。ロシアの揚げパン（中に米の入りたるものと、肉の入りたるものと、カベツの入りたるものとの三種あり）。ジャム。サーヂン。松本楼（虚子が来てとりよせた西洋料理）。上野精養軒（会合）。藤村《ふじむら》の菓子（ヨウカン。小宮豊隆が持参）。銀座仏蘭西《フランス》料理。海老フライ。小川町風月堂で紅茶と生菓子（痔《じ》手術の帰り）。あんころ（京都三年坂阿古屋《あこや》茶屋）。京都の旅さきで買った缶詰、鶏、ハム、チョコレート、ユバと豆腐。京都河村の菓子（貰い物）。

といったものが出てくる。帰国後の日本人がすぐ食べたがる寿司《すし》や茶漬けや蕎麦は見あたらない。

漱石が蕎麦好きだと思われたのは、ロンドンから鏡子夫人へ送った手紙に、「日本に帰りての第一の楽しみは、蕎麦を食ひ日本米を食ひ日本服をきて、日のあたる縁側に寝ころんで庭でも見る、是《これ》が願ひに候《そうろう》」とあるからだが、これはロンドンで考えたことであって、じつのところ蕎麦やうどんは大嫌いで、甘いお菓子と脂《あぶら》っこい洋食を好んだ。

漱石の宴会嫌いは、酒席のしゃちこばった雰囲気が苦手で、胃酸過多のため日本料理になじめなかったという理由による。帰国して、なお洋食好きなのである。

漱石の日記により、明治四十年代は、じつに多くの洋食店があったことがわかる。文明開化で、あっというまに洋食店ができた。しかしその実態はさまざまで、見よう見まねで作っていた。明治の洋食は、横浜と神戸からはじまった。松栄亭の初代岩吉は、横浜で修業して、西洋人邸の料理人となって学んだから、作り方は本格である。本格でありつつ家庭料理の素朴さがある。

漱石のリクエストに応じて考案された「洋風かきあげ」

とっさに注文されて、ありあわせの食材で作った洋風かきあげは、エピソードとしてよく出来ている。臨機応変の料理で、へたをすれば「なんだ、これは」となる。イギリス帰りの漱石が相手だから、ひとつ間違えば料理人として失格になる。それを、いとも簡単に作ってみせた。魔法の料理。

松栄亭は、洋風かきあげ以外の料理も、明治のレシピを残している。たとえば、野菜サラダ（五五〇円）はポテトサラダである。明治時代は生野菜を食べなかったからだ。ビーフシチューは手間をかけてじっくりと煮込み、旨《うま》みを封じこめる。昭和三十六年まで、火力は石炭を使っていた。洋風かきあげも石炭で揚げていた。

チキンライスは、ご飯が固めでひと粒ひと粒がたちあがり、ツーンとトマトの香りがするシンプルな味つけ。客が食べ残すから、パセリの葉は入れない。食べ終った皿にパセリの葉が残っているので、そうきめた。客を見ている。

漱石が気にいった洋風かきあげは、タマネギの甘みが小麦粉によりそい、プリッとした弾力がある。揚げたての湯気が出るフライにジュッとソースをかけて食べれば、舌はたちまち明治になる。歯ごたえのあるオムレツといったらいいのだろうか、一度食べると「つぎは友人を連れてこよう」と思う味である。なんか、友人に自慢したくなる。

筒井ガンコ堂と通ったころは、三階の屋根に、ペンキで「西洋料理・松栄亭」と大きな看板がかかっていた。さっぱりとした日本人好みの味で、日本酒にあう。ガンコ堂は看板の時間までカウンターで酒を飲んでいて、店を困らせた。日本酒を飲みながら洋食を食べる、というところが池波正太郎好みだった。

平成十五年に、一軒隣へ引越したが、店内は昔のままで、カウンター三席のほか、七テーブル（十八席）である。白地に松栄亭と書かれた暖簾《のれん》は昔のままだ。

神田淡路町にある家族経営の店は、その後、阪神タイガースの選手たちで賑《にぎ》わった。近くにあったホテルがタイガースの宿泊所であったためで、漱石にはじまった洋風かきあげは、江夏豊、田淵《たぶち》幸一、掛布《かけふ》雅之《まさゆき》といった選手の好物となった。

岩吉が考案した洋風かきあげは、草鞋《わらじ》の形をしていたから、通称ワラジと呼ばれていた。店へきた客が「ワラジ一枚」と注文するのは、いかにも東京っ子が好みそうで、漱石が聞いたら喜ぶだろう。

二代目の信夫は気っぷがいい料理人で、新たに大正時代のコロッケ（六八〇円）を出すようになった。洋風かきあげはワラジから飛行船に呼び名を変えた。これもモダーンで、シャレている。「ワラジ一枚」より「ヒコーセン」のほうが上等そう。

三代目の博はかきあげをラグビーボールと呼ぶ。これが阪神タイガース選手のパワ

四代目がメニューに加えた「クラムチャウダー」

ーアップにつながった。三代目が品書きに加えたのは、ロールキャベツ（八五〇円）である。店に入ると、品書きの札が三十枚ほどかかっている。八五〇円のカキフライは、売り切れのため、札が裏返しになっていた。

そのかわり、クラムチャウダー（六〇〇円）を注文。これは昔はなかった。四代目の毅氏がはじめた一品である。こういった料理のリレーは家族経営だからできる。さて四代目は、洋風かきあげをいかなるふうに変えていくのだろうか。三代目のラグビーボールの運命やいかに、と天上の漱石先生は注目している。

夏目漱石（なつめ・そうせき　1867〜1916）
江戸・牛込生まれ。本名は金之助。東京帝国大学英文科卒。松山などで教師を勤めた後、文部省留学生としてイギリスに留学。帰国後、『吾輩は猫である』を発表。以後『坊っちゃん』『草枕《くさまくら》』『三四郎』『それから』『こころ』など日本近代文学の礎《いしずえ》となる作品を著し、『明暗』執筆半ばで倒れた。

泉鏡花と「うを徳」

……め組の蓋《ふた》を払った盤台《はんだい》を差覗《さしのぞ》くと、鯛《たい》の濡色《ぬれいろ》輝いて、広重《ひろしげ》の絵を見る風情《ふぜい》、柳の影は映らぬが、河岸《かし》の朝の月影は、未《ま》だその鱗《うろこ》に消えないのである。

俎板《まないた》をポンと渡すと、目の下一尺の鮮紅《からくれない》、反《そり》を打って飜然《ひらり》と乗る。

(『婦系図』)

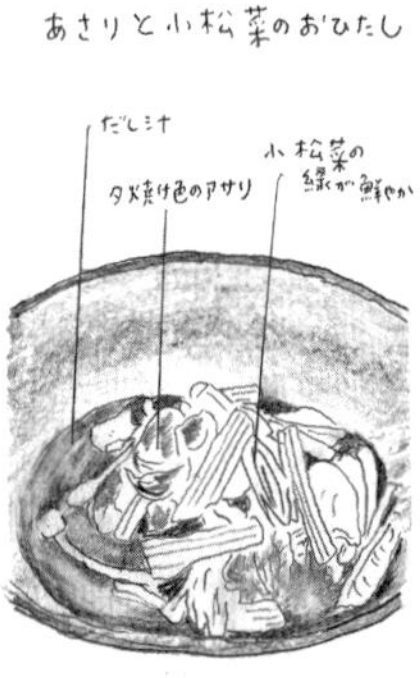

うを徳
東京都新宿区神楽坂3-1
03-3269-0360

「うを徳」(旧名「魚徳」)が大正九年(一九二〇)に神楽坂《かぐらざか》の軽子坂《かるこざか》に割烹《かっぽう》料理店を開いたとき、泉鏡花は、つぎのような「魚徳開店披露《うをとくかいてんひろう》」を書き与えた。

それ此《こ》の辺《あたり》、四季の眺望《ながめ》は、築土《つくど》の雪、赤城《あかぎ》の花、若宮の月、目白の鐘、神楽坂から見附の晴嵐《せいらん》。縁日あるきの裾模様《すそもやう》、左褄《ひだりづま》の緋縮緬《ひぢりめん》、更《ふ》けては夜の雨となる。……中略……本舞台の高台に、鯱《しやちほこ》ならぬ金看板、老舗《しにせ》が更に新しく新築の開店《みせびらき》、御料理魚徳と、凧《たこ》の響《ひゞき》にぞ名告《なの》りたる。

魚よし、酒よし、塩梅《あんばい》よし、最《も》一《ひと》つ威勢の好《よ》い事は、此屋《ここ》の亭主俠勢《きほひ》にして、人間活《い》きたる松魚《かつを》の如《ごと》し……中略……

これも皆御贔屓《ごひいき》の愈々《いよ〳〵》お庇を蒙《かうむ》りたさ。お心置きなくお手軽に、永当《えいとう》々々御入らせを、偏《ひとへ》に願ひ奉《たてまつ》る、と斯《か》う口上が言ひたから、何と魚徳どうだ、と問へば、亭主割《わり》膝《ひざ》に肱《ひじ》を張つて、違《ちげ》えねえ、其《そ》の通りだ、其の通りだ、違えねえと、威張るばかりで巻舌ゆゑ、謹んだ口が利《き》かれず、此に於《おい》て馴染効《なじみがひ》に、略儀には候《さうら》へど、一寸《ちよいと》代理の御《ご》挨拶《あいさつ》。(大正九年三月吉日)

実際の披露文は、ここに引用した二倍の長さで、「お湯殿《ゆどの》もしつらへました」とある。主人を「活きたる松魚《かつお》の如し」と評し「只管《ひたすら》お客専一の、献立の心意気」とほめた。そのうえで、主人は巻舌でうまく話せないので、私（鏡花）が代理で挨拶する、というのだから、その贔屓《ひいき》のほどがわかる。鏡花がいう「巻舌の主人」が、「うを徳」初代萩原《はぎわら》徳次郎である。

鏡花が開店披露を書いたのは四十六歳で、麴町《こうじまち》下六番町に住んでいた。八歳下の芸者桃太郎ことすゞと神楽坂に住んでいたのは二十九歳から三十一歳までの二年余である。正確には、二十九歳（明治三十六年）の三月に牛込神楽坂二丁目二十一番に、すゞと同棲《どうせい》した。四月に同棲がばれて、師の尾崎紅葉に呼ばれてきつく叱責《しっせき》された。鏡花が結婚するのはまだ早いと見てとった紅葉が「俺を棄《す》てるか、婦《おんな》を棄てるか」（のち『婦系図《おんなけいず》』の一場面として有名になった）と怒った。「婦を棄てます、先生」とはっきりいって、すゞとは一時的に別居するが、その年の十月三十日に紅葉は没した。臨終の席へ門弟を集めた紅葉は「これからは、まずいものを食って長命《ながいき》して一冊でも一編でも良いものを書け」と言い残した。鏡花は門弟を代表して紅葉への弔詞を読んだ。名文の弔詞で、師紅葉を慕う鏡花の気持は強かったが、すゞと別れさせられたことの顚末《てんまつ》だけは『婦系図』に書かなければ気がすまなかった。

芝海老をたたいてタマネギとあわせた「海老真薯」

九歳のときに母を天然痘で失ったことから、鏡花はウィルスへの強迫観念から逃れられず、極度のバイ菌嫌悪《けんお》症であった。魚の刺身を食べられない。シャコ、タコ、マグロ、イワシはゲテ魚として嫌った。魚は、焼いた塩鮭と柳かれい、あとは鯛《たい》のうしお汁ぐらいしか食べない。ソラマメは一粒食べると一粒ぶん腹が痛くなるといって食べない。食物嫌悪《けんお》症を示す逸話に豆腐の腐の字を嫌って豆府と書いた。

肉は鳥以外はだめで、春菊は、茎の穴に斑猫《はんみょう》という毒虫が卵を産みつけると信じて生涯口にしなかった。『龍潭譚《りゅうたんだん》』は斑猫の毒が回って二目と見られぬ変身をとげた少年の話である。茶はほうじ茶をぐらぐらと煮て、塩を入れて飲んだ。木村屋のアンぬきアンパンは、表も裏もあぶって、指でつまんだ部分を捨てた。

旅行に出かけるときは、ちんちんに煮立てた日本酒を魔法壜《びん》につめた。大根おろしは煮て食べた。バイ菌が怖くて、アルコール綿の入った携帯容器を懐《ふところ》に入れて、始終、指先をふいていた。畳に坐《すわ》っておじぎをするときは、手の甲を畳の面にむけて、甲を浮かせて頭を下げた。吸物でも、なかに柚子《ゆず》の皮のひとけずりでも入っていると手を出さない。チョコレートは蛇の味がするといって嫌った。

若いときから胃腸障害があり、好き嫌いが激しく、三十歳のころ赤痢にかかり、身も凍るほどの恐怖を覚えた。『蠅《はえ》を憎む記』には、仮眠中、蠅に襲われて死にそうになる幼児が出てくる。蠅がバイ菌を運ぶのをひどく怖《おそ》れ、煙管《きせる》の吸口《すいくち》に千代紙を丸めた自家製キャップをはめていた。ちろりや土瓶の注ぎ口にもキャップをはめた。

強度の潔癖性は、彫金師の父のもとで暮らして、親との依存的信頼関係が体験されなかったためで、精神科医吉村博任《ひろとう》によると、「食物異常嫌悪《けんお》」（Cibophobia）という病的症状である。

十七歳で紅葉の玄関番として入門するが、二十歳のとき父が死んで郷里金沢へ帰郷した。そのまま八カ月金沢で過ごすあいだに神経衰弱症が悪化し、自殺しようとして、紅葉の激励の手紙によってふみとどまった。

それほど好き嫌いが激しい鏡花が「魚徳開店披露」を書いたのには、わけがある。金沢育ちの鏡花は、日本海で獲《と》れた新鮮な魚を食べて育ったため、東京の魚が口にあわなかった。これはいまの金沢育ちの人も、似たような傾向がある。

徳次郎は、芝の生まれで八丁堀《はっちょうぼり》に仕出しの店を持ち、東京湾でとれたての鮮魚を、天秤棒《てんびんぼう》で担《かつ》いで売りにきた。神楽坂の軽子坂に「魚徳」が開店されるずっと前から、鏡花のお気に入りだった。すゞと神楽坂で暮らした二十九歳のころからの馴染《なじ》みである。

鏡花が三十三歳（明治四十年）のとき、「やまと新聞」に連載した『婦系図』に、

「渾名《あだな》を（め組）と称《とな》える魚屋惣助《そうすけ》」として登場する。「め組」という渾名は、「め組の諠嘩《けんか》」で知られる芝の出身だからついたものだろう。

「め組」は威勢のいい江戸前の魚屋で、

「半纏《はんてん》は薄汚れ、腹掛の色が褪《あ》せ、三尺が捻《ね》じくれて、股引《ももひき》は縮んだ、が、盤台（たらい）は美《うつく》しい。／いつもの向顱巻《むこうはちまき》が、四五日陽気がほかほかするので、ひしゃげ帽子を蓮《はす》の葉かぶり、些《ちっ》とも涼しそうには見えぬ」（『婦系図』）

妻君のお蔦《つた》は「めのさん」と呼び、夫の主税《ちから》は「め組」と呼んだ。

「め組の蓋を払った盤台を差覗くと、鯛の濡色《ぬれいろ》輝いて、広重の絵を見る風情、柳の影は映らぬが、河岸《かし》の朝の月影は、未《ま》だその鱗に消えないのである。／俎板をポンと渡すと、目の下一尺の鮮紅《からくれない》、反《そり》を打って飜然《ひらり》と乗る」（同前）

練りこんだ「彫琢《ちょうたく》した鏡花文体」に、べらんめえ口調をおりませて、め組の男っぷりを絶賛した。もとより江戸趣味で、麴町の家の造りも家具調度も骨董《こっとう》でかため、着物も自分の流儀を崩さなかった鏡花である。め組は一本気で、魚の捌《さば》き方が粋《いき》で、腰を入れて包丁を持つ立ち姿がいい。鯛《たい》を捌けば鱗《うろこ》がぱらぱらと散る。鯛はたいではなく、てえと呼び、「河岸で一番の魚を仕入れて、汗みずくで駈《か》けつける」威勢のよさ。

新派舞台の『婦系図』には、お蔦・主税の名脇役《わきやく》としてめ組が登場する。

木の芽と焼ねぎの風味も香ばしい「鯛のうしお汁」

「め組は手品の玉手箱の蓋を開ける手つき」

というんだから、鏡花のお気に入りだった。め組が神楽坂に料理屋を開くと知れば、宣伝文のひとつも書いてやろうという気になる。鏡花が料理屋の開店披露文を書いたのは、あとにもさきにも「魚徳」一軒のみである。

軽子坂は神楽坂通りの一本隣りにあり、神田川の岸（いまの外濠《そとぼり》）に船できた売り子が軽籠《かるこ》を担いで登ったことからこの名がついた。

徳次郎がはじめた「魚徳」は、その後「うを徳」と名を改め、五代目主人萩原信男《のぶお》にひきつがれている。信男の弟萩原哲雄《てつお》も、神楽坂に、「め乃《の》惣《そう》」という和食料理店を開いている。神楽坂から細い路地を入ったところにある。

軽子坂の「うを徳」は黒板塀に囲まれた一軒屋で、一階に和室二つ、二階に大広間の座敷がある。鏡花が好んだ鯛のうしお汁が出る。たっぷりと鯛のだしがきいたうしお汁は、鏡花の小説に似て、濃厚で気品がある。皮をつけたまま湯引きする鯛の刺身も、徳次郎から受けつがれてきた料理だ。八ツ頭の煮物は江戸風に甘辛く仕あげている。鏡花は海老《えび》を嫌ったけれども、それは海老の姿がこわかったからで、「うを徳」名物の海老真薯《しんじょ》ならば喜んで食べたのではないだろうか。芝海老を包丁で叩《たた》いて揚げたものだ。

鏡花ファンの私は、「うを徳」で出る料理は天上の鏡花に捧《ささ》げるものであって、鏡花に献上した料理のお下りを食べる気分になる。

金沢へ行くたびに下新町《しもしんちょう》にある泉鏡花記念館（鏡花生家跡）へ顔を出し、少年鏡花が遊んだ久保市《くぼいち》神社へお参りしているが、金沢には鏡花が通った料理屋はもう残っていない。そのかわり、近江町《おうみちょう》市場へ行くことにしている。

鏡花が四十六歳のときに書いた『寸情風土記《すんじょうふどき》』には金沢の市場で売っている「はべん」（蒲鉾《かまぼこ》）、「松みゝ」（初茸《はつたけ》）、鯖《さば》、初鰹《はつがつお》、鰤《ぶり》の開き、真桑《まくわ》、どじょうの串《くし》焼き、茹《ゆで》栗《ぐり》、焼栗、蕪鮨《かぶらずし》などが、ぞろぞろ出てくる。蕪鮨は「紅葉先生一方《ひとかた》ならず賞《ほ》めたまひき」という御馳走《ごちそう》だ。じぶ煮という椀《わん》料理は「だししたぢに、慈姑《くわゐ》、生麩《なまふ》、松露《しょうろ》など取合はせ、魚鳥をうどんの粉にまぶして煮込み、山葵《わさび》を吸口にしたるもの」と詳しく記している。

鏡花は食物嫌悪症でありつつも、料理に関してはやたらと詳しく、金沢の味を自慢している。

「大根曳《だいこひ》きは、家々の行事なり。此《こ》れよりさき、軒につりて干したる大根《だいこ》を台所に曳《ひ》きて沢庵《たくあん》に圧《お》すを言ふ。今日は誰の家の大根曳きだよ、などと言ふなり」

二十四歳のとき、本籍地を金沢から東京に移した鏡花だが、江戸っ子になろうとし

江戸風の味つけ「八ツ頭のうま煮」

てなりきれない。酒好きであったが、二合ほど飲むとベロンベロンに酔っぱらい、生来の依怙地《いこじ》な性格に火がついて悪態をついた。
「うを徳」の和室の暗がりで、酔った鏡花に「おめえさんは、なに書いてんだい」とからまれるシーンを夢想するだけで、ぞくぞくする。

泉鏡花（いずみ・きょうか　1873〜1939）
金沢生まれ。上京して尾崎紅葉の書生となる。明治28年発表の『夜行巡査』と『外科室』で作家として認められる。以後、『高野聖《こうやひじり》』や戯曲『天守物語』に代表されるロマン的・神秘的作風を展開、人気作家となる。神楽坂の芸者・桃太郎と結婚してからは、『婦系図』『歌行燈《うたあんどん》』など芸妓が登場する作品が多い。里見弴《とん》、谷崎潤一郎、芥川龍之介らに大きな影響を与えた。

永井荷風と「アリゾナ」

仲店東裏通の洋食屋アリゾナにて晩食を喫す。
味思ひの外に悪からず価《あたひ》亦《また》廉なり。
スープ八拾円シチュー百五拾円。
（『断腸亭日乗』昭和二十四年七月十二日）

アリゾナキッチン
東京都台東区浅草1-34-2
03-3843-4932

荷風が浅草「アリゾナ」へ最初に顔を見せたのは、昭和二十四年七月十二日である。荷風は六十九歳の気むずかしい老人であった。日記に「仲店東裏通の洋食屋アリゾナにて晩食を喫す。味思ひの外に悪からず価亦廉なり。スープ八拾円シチュー百五拾円」とある。

アリゾナが開店したのは同年五月十八日で、荷風が行く二カ月前であった。チャキチャキの浅草っ子松本清が開いた洋食店がたちまち評判となり、浅草通いの荷風の耳に入ってきた。オーナーは俳優のクラーク・ゲーブルが好きな快男児で、店名をフロリダとしたかったが、新橋にキャバレー・フロリダがあったので、じゃアリゾナにしようときめた。店のポーチには幌《ほろ》馬車の車輌《しゃりょう》と酒樽《さかだる》が置かれ、巨大なサボテンとヤシの木がある。一見したところ西部劇映画の酒場を思わせる。

その日以後、七十九歳で没するまで、荷風はアリゾナへ通いつづけた。日記には、連日浅草アリゾナ、浅草アリゾナと書いてあり、判で押すようにアリゾナで昼食を食べた。アリゾナは荷風の定番の食堂と化した。

荷風の舌は若くしておごっていた。

父永井久一郎は、内務省衛生局に勤めていた高級官僚で、のち日本郵船の上海《シャンハイ》支店長として上海で生活していたため、若くして海外生活を体験している。十七歳のとき荷風は吉原《よしわら》で遊んでいるから、すでに放蕩《ほうとう》の芽が出はじめている。

　パリへ行ったのは明治四十一年（二十八歳）で、フランスの大衆料理から高級料理まで食べつくした。パリの味に馴《な》れた荷風は、帰国してからは「東京の西洋料理屋は、皆駄目である」（『「味」は調和』）と切り捨てている。評判がよかった築地《つきじ》精養軒でも「構へは大変立派だが、出て来るボオイが気が利《き》かないし、その又ボオイの洋服なんかも穢《きたな》くて矢張《やっぱ》り厭《いや》である」（同前）と、けんもほろろだ。味にうるさく、舌がこえた荷風が十年間も通ったのは、料理の味もさることながら、オーナーの松本清と気があったためだろう。町の顔役でもあった松本清は荷風を「偉い先生」として特別扱いせず、それがかえってよかった。

　荷風の名を一躍世に広めた『濹東綺譚《ぼくとうきたん》』は荷風五十七歳の傑作である。玉の井の私娼街《ししょうがい》は、形式ばった吉原遊廓《ゆうかく》の逆手をとって、私娼が直接客と交渉する方式だった。玉の井でお雪（雪子）という娼婦に会ったとき、買ったばかりの浅草海苔《のり》を差し出すシーンがある。お雪に「奥さんのお土産。」と訊《き》かれて「おれは一人なんだよ。」と答える。

「アパートで彼女と御一緒。ほゝゝゝほ。」

「それなら、今時分うろついちゃア居られない。雨でも雷《かみなり》でも、かまはず帰るさ。」

「さうねえ。」

どこか懐かしい味の
「ロールキャベツ」

とお雪はうなずいて茶漬けを食べる。

「一人ツきりの、すつぽり飯はいやだな。」

「全くよ。ぢやア、ほんとにお一人。かわいさうねえ。」

「察しておくれだらう。」

荷風にあっては、食事は「場」が欠かせない。いかなる女と一緒に、どういうふうに、なにを食べるのかが重要な関心事となる。

荷風の料理観は「調和」にあって、

「家《うち》の趣味が渋くさへ出来て居たら、其処《そこ》に芸妓《げいしや》でも居れば大概の料理は相当に旨《うま》く食ふ事が出来る。(中略) 八百善《やおぜん》だとか常盤《ときは》だとか、そんな処《ところ》へ行かなくても、普通に人の行く家《うち》——小さい座敷さへあれば可《い》い」(『「味」は調和』)

料理じたいの味ではなく、女がらみの味である。してみると、玉の井のドブ川沿いにあるすれっからしの部屋で食べた茶漬けもまた「至福の味」であったろう。荷風は濹東の私娼窟《くつ》で出会ったお雪が、真剣な愛情を持ちはじめたことに気づくと、荷風はお雪から遠ざかっていく。それを小説にした。

荷風は薄情である。

薄情である自分を書いた。

数多くの女たちとの放蕩《ほうとう》生活をへて『濹東綺譚』を発表した翌年、『葛飾情話《かつしかじょうわ》』が浅草オペラ館で上演され、空前の話題をまきおこした。浅草との深い縁はこのころからはじまった。

米軍の空襲で麻布《あざぶ》の自宅（偏奇館）が罹災《りさい》した昭和二十年三月十日、『濹東綺譚』の舞台玉の井も焼けた。市川へ移転したころは新小岩の私娼窟を散歩し、娼婦の世界を描こうとする執念がくすぶっていた。

荷風の浅草耽溺《たんでき》がはじまったのが、昭和二十四年である。一月に浅草ロック座で『踊子』を脚色上演した。三月は『停電の夜の出来事』を浅草大都劇場で戯団「美貌《びぼう》」が上演して大入満員となった。六月は『春情鳩の街《しゅんじょうはとのまち》』を戯団「美貌」により大都劇場で上演した。のめりこむように浅草に入りこんでいった。

踊子や女優を連れて浅草のお汁粉屋へ行った荷風は、戦後初の高揚感につつまれていた。アリゾナへ通い出したのは、ちょうどこのころである。

踊子たちは荷風の名を知らず、ニフウさんと呼んでいた。ストリップ小屋の座付作者で助平で気前のいい爺《じい》さん、といった程度の認識は、荷風にとっては都合がいい。

玉の井私娼窟の後身であった鳩の街では、荷風はメンがわれていて、遊ぼうとしても遊べない。女たちがわれもわれもとやってきて「私をモデルにして小説を書いてくれ」とせがまれた。そうなると荷風は逃げる。

ストリップショーに赤い湯文字を使うのは荷風が考え出したものだ。浅草の演芸小屋では長襦袢《ながじゅばん》物が流行していた。『停電の夜の出来事』は、戯団「美貌」の女優高杉由美のために書いた脚本で、演出も手がけ、坂口安吾《あんご》が見物にやってきた。『春情鳩の街』は高杉由美に桜むつ子が加わって競演し、荷風はベレー帽に兵隊靴をはいて特別出演した。割れんばかりの喝采《かっさい》をあび、舞台の上で、桜むつ子を抱き寄せてキスをしてしまった。この桜むつ子は、のち、市川の荷風宅を訪れたが、門前払いを食わされて家へ入れて貰《もら》えず泣きながら帰った。

かくも浅草にはまったのは、浅草寺の観音さまが好きだったからだ。観音の女体は荷風文学の核である。荷風は正午にアリゾナへやってきて、ビールを一本注文し、ビーフシチューを食べた。いまの主人松本力也《りきや》(清の長男)によると、チキンレバークレオールが気にいっていた。海老《えび》フライ、カニクリームコロッケ、メンチカツ、ロールキャベツなども好物であった。

合羽橋《かっぱばし》のどじょうの飯田屋《いいだや》、そばの尾張屋《おわりや》、ロック座手前の洋食リスボンへも通ったが、年をとるにしたがってアリゾナが定番となった。

アリゾナで昼食をとり、浅草寺境内のベンチに腰かけて、隅田川のポンポン蒸気の

荷風も愛した名物「ビーフシチュー」

音をきいていた。そのあと、気がむけばロック座の楽屋へ行く。踊子と肩を組んだり、おっぱいに手がふれても文句をいわれない。荷風はストリップの踊子と「同業者」であることを楽しむことができた。

また、ロック座の楽屋は、荷風が出入りすることによって評判をよんだ、という側面がある。舞台ははなやかだが、地階の楽屋は、窓はこわれ、ゴザもヨレヨレで、狭い場所に、ダンサーがねころんでいる。

そんなこの世の吹きだまりの部屋へ荷風が訪れ、ダンサーとたわむれる写真が出廻ると、ロック座の客がふえた。

七十一歳の正月は「夜ロック座女優等と広小路裏の杯一に飲む。談笑興あり。酒甘《うま》し。帰途月よし」（一月四日）。

七十二歳の正月は二日、三日、四日と連続して浅草へ行った。七日、九日、十一日、十二日、十四日も浅草。十五日は踊子を連れて合羽橋通りの飯田屋で宴会、二月三月も踊子を連れて飯田屋へ行き、桜むつ子と今半で飲んだ。

七十三歳の正月は元日から浅草へ行き女剣劇の看板を見て廻った。人気演芸への目くばりを忘れないのは、興行主の気分だったろう。この年の十一月に文化勲章を受章し、十一月五日、浅草公園裏の洋食店逢坂屋《おうさかや》で、ロック座座長と踊子たちが荷風の受章祝宴を開いた。

七十四歳の正月は四日にアリゾナ。

文化勲章を受章してからは、ロック座の踊子たちの荷風に対する態度が一変した。「偉い先生」であることがばれてしまうと、うっかり踊子の尻《しり》や乳房にさわれなくなった。踊子が、それまでのように、素で応対してくれない。それで、しばらくは銀座へ行って、有楽町フジアイスに通ったが、ふたたび、アリゾナに戻った。アリゾナは昼食の場で女たちを連れていく店ではなかった。

七十九歳（昭和三十四年）の正月は三日よりアリゾナで昼食をとった。三月一日、アリゾナで昼食中に発病して歩行困難となり、自動車で市川の自宅へ帰り、病臥《びょうが》した。没したのは四月三十日である。荷風の日記は四月二十九日で止っている。

手伝い人が掃除にきて声をかけたが返事がなく、奥六畳の襖《ふすま》を開けると、荷風は蒲《ふ》団《とん》から半身乗り出して吐血していた。吐いた血にまじって、近所の大黒屋で食べたカツ丼《どん》の飯つぶが散っていた。

人気作家で多額の印税が入り、女を連れて料理屋をまわる妖艶《ようえん》な時間のなかで、荷風はすでに晩年の孤独な死を見定めていた。だれにも見とられずに、安いカツ丼の飯つぶを吐いて死ぬ自分の姿が、荷風にとって一世一代の作品であったはずだ。やりた

デミグラスソースがかかった「カニクリームコロッケ」

いことを、だれにも文句をいわせずにやりぬいてきた荷風である。市川のボロ屋でのたった一人での死は、荷風が遠大な計画のもとにすすめてきた生活の完結であった。市川の自宅の畳の上には、牛肉大和煮やＭＪＢのコーヒー缶、宝みりん、ウェルチのオレンジジュースが雑然と転がっていた。いずれも、当時は手に入りにくい高級品である。

生涯を「自分ひとり」で過ごした荷風は、超然と生涯を完了した。三島由紀夫《ゆきお》は荷風を、「のたれ死にする文学的ダンディズム」と評した。

偏屈で「奇人」よばわりされた荷風が、日記に「正午浅草」と書きつづったアリゾナへ行けば、一皿のシチューの奥に昭和の味が西日のように射《さ》し込んでくる。

永井荷風（ながい・かふう　１８７９〜１９５９）
東京生まれ。二十代で渡米、パリに留学し、帰国して著した『あめりか物語』『ふらんす物語』で文名を高める。慶應義塾大学教授に就任、「三田文学」を主宰。向島・玉の井の私娼窟を描いた『濹東綺譚』で一世を風靡《ふうび》し、晩年の浅草ストリップ小屋通いも有名。昭和27年、文化勲章受章。

斎藤茂吉と「竹葉亭《ちくようてい》」

ゆふぐれし机のまへにひとり居《を》りて鰻《うなぎ》を食ふは楽《たぬ》しかりけり（『ともしび』）

あたたかき鰻を食ひてかへりくる道玄坂に月おし照れり（『暁紅』）

これまでに吾《われ》に食はれし鰻らは仏となりてかがよふらむか（『小園』）

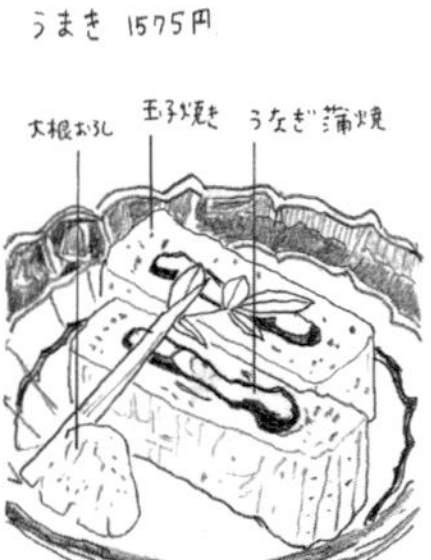

竹葉亭　木挽町本店
東京都中央区銀座 8-14-7
03-3542-0789

斎藤茂吉を論ずるのは手軽に出来る芸当ではない、と書いたのは芥川龍之介（大正十三年『僻見《へきけん》』）である。芥川は高等学校の生徒だったころに茂吉の『赤光《しゃっこう》』を読み、愛誦《あいしょう》していた。芥川が好んだ歌は「あかあかと一本の道とほりたりたまきはる我が命なりけり」「かがやけるひとすぢの道遥《はる》けくてかうかうと風は吹きゆきにけり」（いずれも『あらたま』）である。茂吉の歌を「正直に自己をつきつめた、痛いたしい魂の産物である」と絶賛した三年後に芥川は自殺した。茂吉は「芥川は私の病院にきていれば、あんなこともなかったろうに」と同情した。

『赤光』は茂吉が三十一歳で刊行した第一歌集で、明治三十八年より大正二年に至る足かけ九年間の作八百三十四首が収録されている。この年の五月、生母いくが五十八歳で没し、七月に師の伊藤左千夫《いとうさちお》が四十八歳で急逝した。『赤光』の名は仏説阿弥陀《あみだ》経の「青色青光黄色黄光赤色赤光白色白光《しょうしきしょうこうおうしきおうこうしゃくしきしゃっこうびゃくしきびゃっこう》」から採った、と初版跋《ばつ》に書いてある。子どものころ、遊び仲間に雛《ひな》法師がいて経文の「しゃくしき、しゃっこう」と暗唱していた。梅の実をひろうにも水を浴びるにも「しゃくしき、しゃっこう、……」と口ずさんでいて、「しゃっこう」が「赤光」であることは、上京して開成中学二年ぐらいのときに知った、という。幼い茂吉の耳に「しゃっこう」という言葉の響きが焼きついていた。

「ひた赤し煉瓦《れんが》の塀はひた赤し女《をんな》刺しし男に物いひ居れば」「相群れてべにがら色の囚人《しうじん》は往《ゆ》きにけるかも入り日赤けば」「黴毒《ばいどく》のひそみ流るる血液を彼の男より採りて持ちたり」（いずれも「麦奴」）。

この歌は「殺人未遂被告某の精神状態鑑定を命ぜられて某監獄に通ひ居《ゐ》たる時、折にふれて詠《よ》みすてたるものなり」との後書きがある。茂吉の本職は精神科医である。

母を追悼した五十九首には、「のど赤き玄鳥《つばくらめ》ふたつ屋梁《はり》にゐて足乳根《たらちね》の母は死にたまふなり」「星のゐる夜ぞらのもとに赤赤とははそはの母は燃えゆきにけり」（「死にたまふ母」）など、いずれも赤い光がさしこんでいる。茂吉の後年は、「くれないの茂吉」と評された。

激情家で、歌人を見れば論争し、「生涯の論争は二百回ぐらい」（宇野浩二《こうじ》）という。『赤光』を発表したときの茂吉は、東京府巣鴨《すがも》病院（東京帝国大学附属病院）精神科の医師をしていた。『赤光』には患者を詠んだ歌も多く、精神科医として逸脱しているところもある。患者の歌はすれすれで、刃物をあてられるようにひやりとする。医師が歌人となったときが危い。

「屈《かが》まりて脳の切片《せつぺん》を染めながら通草《あけび》のはなをおもふなりけり」（「折々の歌」）は、鮮烈であるが、医師と歌人の接点ぎりぎりのところに成立している。

わさび醤油でいただく
「鰻の白焼き」

歌人としてはカンシャク持ちでケンカ屋の異名を持つ茂吉は、病院では一転しておだやかな医師になった。陰茎が小さすぎると思いこんで神経衰弱になった病人に対して、自分の陰茎を見せて、「みんなこんなものだ」と安心させたという話がある。純朴である。患者が凄《すご》くおそろしい形相でやってきても、茂吉はおだやかな顔でやさしく話をきいてやった。すると、患者は十分もたたぬうちになごやかな顔に戻ったという。

マッカな感情（歌人）と、底知れぬ慈愛（医師）の両面を持つ茂吉は、あやうい均衡を保ちつつ、七十年間の生涯に一万八千首を詠んだ。一字一句をゆるがせにしない茂吉の歌は、時空を超えて、読む者を空漠の地平へ連れ去るのである。

『赤光』で食べ物に関する句もあげてみる。

「あま霧《きら》し雪ふる見れば飯《いひ》をくふ囚人のこころわれに湧《わ》きたり」（「雪ふる日」）「うつしみは死しぬ此《かく》のごと吾《あ》は生きて夕《ゆふ》いひ食《を》しに帰へらなむいま」（「うつし身」）「生くるもの我のみならず現《うつ》し身の死にゆくを聞きつつ飯食《いひを》しにけり」（「此の日頃」）「けだものは食《たべ》もの恋ひて啼《な》き居《ゐ》たり何《なに》といふやさしさぞこれは」（「冬来」）「上野なる動物園にかささぎは肉食ひゐたりくれなゐの肉を」（「葬り火」）。

人間も獣もなにかを食べなくては生きていけない。貪欲《どんよく》な自分を見つめている。茂吉の歌が胸をえぐるのは、人間存在の根源を問うているためだ。ことに鰻が好物であった。

「アララギ」選歌の席では、夕食に鰻の蒲焼《かばやき》を出前で注文した。蒲焼が届くと、弟子の夫人が気を使って一番大きな鰻を茂吉の目の前に置くが、鋭い目で鰻の大小を鑑定して、「君、そっちのほうが大きいから替えてくれ」と言い、鰻はあちこち移動して、結局、最初に並べたとおりに戻った。

茂吉は病院では入院患者とおなじ食事をとっていた。粗食でもいっこうに気にとめない。ところが、こと鰻となると目の色が変った。長男の斎藤茂太（精神科医）は、茂吉のそういった性格を「典型的な執着性、粘着性を中心にして展開するが、その性格の中に、臆病《おくびょう》、社会的体面へのこだわり（養子の立場も無縁ではない）、冒険を好まぬなどの要素も存在する」と分析している。

茂吉は三十九歳でヨーロッパへ留学し、四十二歳までミュンヘンやウィーンで学んだ。ベルリンでは家鴨《あひる》の焼いたのを食べ、「非常に旨《うま》いと思った」と書いている。

つぎに、ウィーン大学神経学研究所で勉強し、場末の安食堂で、労働者にまじって固い肉や塩湯スープばかり食べて過ごした。健啖家《けんたんか》ではあるが、食わなければ食わないで過ごせる。

ナポリでは「黒貝《くろがひ》のむきみの上にしたたれる檸檬《れもん》の汁は古詩《こし》にか似たる（「遠遊」）、ミュンヘンでは「イタリアの米を炊《かし》ぎてひとり食ふこのたそがれの塩のいろはや」、ゼノアでは「港町《みなとまち》ひくきところを通り来て赤黄《あかき》の茸《きのこ》と章魚《たこ》を食ひたり」（いずれも『遍歴』）。

茂吉の歌は、子規、左千夫ゆずりの正確な写生だから、歌集を旅行記として読むことができる。大正十三年十月五日（四十二歳）にイタリア・ゼノアの港町でキノコとタコを食べた、と。

三年間にわたる留学を終えて帰国すると、家族が住む青山脳病院が全焼していた。そのときは「やけのこれる家に家族があひよりて納豆餅《なつとうもちひ》くひにけり」（『ともしび』）と詠んだ。

青山脳病院再建の工事費用（第一期十万五千円）捻出《ねんしゅつ》に奔走し、ようやく復興させて、病院長に就任したのは四十四歳（昭和二年）であった。この年の歌に「ゆふぐれし机のまへにひとり居りて鰻を食ふは楽《たぬ》しかりけり」（『ともしび』）がある。

この年に次男宗吉（北杜夫《もりお》）が生まれ、鰻信仰に拍車がかかった。鰻を食べると「数分で樹々《きぎ》の緑が鮮かに見える」「蒲焼には神秘的な力が宿っている」というほどの鰻信奉者だった。院長として多忙な激務のなかで、鰻を食べて精神的肉体的な安定を

大振りの蒲焼がのった「鰻丼」

得ようとした。

　戦争が始まる一年前、銀座のデパートで鰻の缶詰を大量に買いこみ、押し入れにしまっておいた。鰻は茂吉のエネルギーのもとになり、夏に二回缶詰を開けて食べた。「これまでに吾に食はれし鰻らは仏となりてかがよふらむか」(『小園』)「最上川に住みし鰻もくはむとぞわれかすかにも生きてながらふ」(『短歌拾遺』)「十餘年《よねん》たちし鰻の罐詰《かんづめ》をしみをしみてここに残れる」「戦中の鰻のかんづめ残れるがさびて居りけり見つつ悲しき」(いずれも「つきかげ」)。

　昭和十八年、長男茂太と宇田美智子《うだみちこ》の縁談がまとまったとき、両家の顔合せが料亭竹葉亭であり、美智子が緊張のあまり食べ残した鰻を、茂吉は「それを私にちょうだい」と言って食べてしまった。

　その顔合せをした竹葉亭本店の離れは、戦災を遁《のが》れて銀座八丁目に残っている。高層ビル群にはさまれて、ここだけが山中の一軒屋という趣きだ。百八十坪の敷地の庭に石灯籠《いしどうろう》と竹垣がありハゼウルシや椎《しい》の木の巨木が繁《しげ》り、竹塀で囲まれている。

　竹葉亭は江戸末期に「刀預かり所」の留守居茶屋として酒や鰻を出したのにはじまる。中国で酒のことを「ササ」と称したことにちなんで竹葉亭と名づけられた。八畳と四畳半の離れの茶室と旧館の座敷二室は大正十三年に建てられたままの姿で、湿った黒土の庭がある。

二代目金七は歌舞伎座《かぶきざ》、帝劇などへ弁当を納入して、「鰻の竹葉亭」の名を高め、三代目哲二郎は親交の深かった北大路魯山人《きたおおじろさんじん》の星岡茶寮《ほしがおかさりょう》で弟の得三（五代目）を修業させ、日本料理にも取りくんだ。それが八丁目本店の料理にひきつがれている。

八丁目竹葉亭の座敷席は文学サロンともなり、虚子や万太郎の句会が開かれ、ここで名句が生まれた。現在の主人、別府允《まこと》は七代目である。

鰻丼《うなどん》の鰻は香ばしく、野性の味がこげて、炭で焼いた皮にコラーゲンが宿り、脂《あぶら》がよくきれている。継ぎ足し用のタレを入れた塗りの器があり、つい継ぎ足してしまう。伝統ある暖簾《のれん》を守って、竹葉亭の鰻蒲焼は、日々、進化している。

晩年の茂吉は、銀座へ行くとき、上は洋服でも靴をはかず地下足袋であった。銀座松坂屋で開催した梅原龍三郎《りゅうざぶろう》安井曾太郎《そうたろう》展へ地下足袋で来ていた茂吉を宮柊二《みやしゅうじ》は見た。「私は私の斜横先にいる老人が、殆《ほと》ど他を顧慮《こりょ》しないような熱心さで、絵に向っているのを見た。頬から顎《あご》にかけての白い豊かな髯《ひげ》、洋服でそして地下足袋、やや小柄に見える体軀《たいく》……その老人は自分の顔を絵へ押しつけるようにしていたりした。……それは妙に深い悲哀と混淆《こんこう》していた」

と宮柊二は回想している。「アララギ」の東京歌会へは、開衿《かいきん》シャツを二枚着込み、

竹葉亭名物のひとつ「鯛茶漬け」

モンペにせったか下駄《げた》ばきだった。ただし、病院ではネクタイをつけて診療した。ヨーロッパ仕込みだから、服のセンスにはみがきがかかっている。カンカン帽もトレンチコートもよく似合う。茂吉の服装は農民風のモンペ姿でさえダンディで洗練されている。晩年はどこへ行くにも、極楽と名づけた小水用のバケツを持っていた。背広姿でネクタイをしめ、右手にバケツ、左手に傘を持って銀座を闊歩《かっぽ》した。悠然たるものである。

茂吉の歌の根底にある孤独には、一本の道をゆくかたくなな意志があり、意志とは孤独と同義である。茂吉の歌の照り返しで肌がジリッと熱くなるのは、その赤い意志のためだ。その意志を作りあげた栄養源が、鰻なのである。

斎藤茂吉（さいとう・もきち　1882〜1953）
山形県生まれ。東京帝国大学医科大学卒。伊藤左千夫に師事し「アララギ」の創刊に参加。大正2年に発表した『赤光』で注目され、以後歌壇の重鎮となる。昭和2年、父の青山脳病院を継ぐ。柿本人麻呂《かきのもとひとまろ》の研究でも知られる。同26年、文化勲章受章。息子に斎藤茂太、北杜夫がいる。

高村光太郎と「米久《よねきゅう》」

八月の夜は今米久《よねきう》にもうもうと煮え立つ。

ぎつしり並べた鍋《なべ》台の前を
この世でいちばん居心地のいい自分の巣にして
正直まつたうの食慾《しよくよく》とおしやべりとに今歓楽をつくす群集、
（「米久の晩餐」）

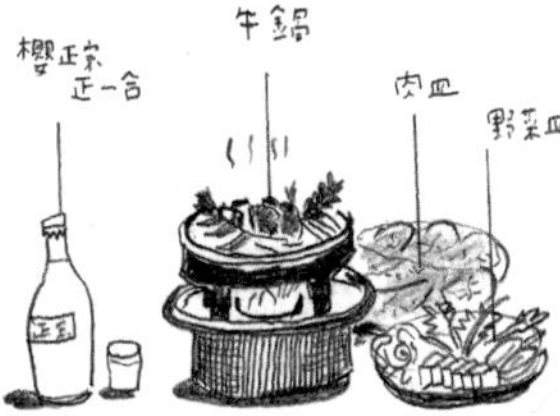

米久本店
東京都台東区浅草 2-17-10
03-3841-6416

光太郎著『智恵子抄《ちえこしょう》』に「晩餐《ばんさん》」という詩がある。

暴風《しけ》をくらつた土砂ぶりの中を／ぬれ鼠《ねずみ》になつて／買つた米が一升／二十四銭五厘《りん》だ／くさやの干ものを五枚／沢庵《たくあん》を一本／生姜《しやうが》の赤漬《あかづけ》／玉子は鳥屋《とや》から／海苔《のり》は鋼鉄をうちのべたやうな奴《やつ》／薩摩《さつま》あげ／かつをの塩辛／湯をたぎらして／餓鬼道のやうに食《くら》ふ我等の晩餐……（中略）……われらの晩餐は／嵐《あらし》よりも烈《はげ》しい力を帯び／われらの食後の倦怠《けんたい》は／不思議な肉慾をめざましめて／豪雨の中に燃えあがる／われらの五体を讃嘆《さんたん》せしめる／まづしいわれらの晩餐はこれだ

大正三年の作で、この年、三十一歳の光太郎は智恵子と同棲《どうせい》生活をはじめた。凶暴なまでの愛欲生活で、暴風雨のなかで大食いしてひたすら性行為に燃える。光太郎は「欲望の強さが私を造型美術に駆りたてる」という。食欲も性欲も暴風の激しさだった。智恵子と結婚した光太郎は自分たちを世間から遮断しようとした。

光太郎は木彫師高村光雲《こううん》の長男として生まれ、東京美術学校彫刻科に進んだ。卒業後、明治三十九年にニューヨーク（二十三歳）、四十年にロンドン（二十四歳）、四十一年にパリ（二十五歳）に遊学し、帰国後は白秋や杢太郎《もくたろう》らのパンの会に参加して遊びまわり、反逆、自嘲《じちょう》、頽廃《たいはい》の日々を過ごした。

二十九歳のときの詩「夏の夜の食欲」で、「私の肉体は魂を襲撃して／不思議な食欲の興奮は／みたせども、みたせども／尚《な》ほ欲し、あへぎ、叫び、狂奔する」と叫んでいる。智恵子と会ったのは、この詩を書いた年の暮れであった。

佐藤春夫《はるお》は『小説智恵子抄』に、「光太郎はもともと悪衣悪食《あくいあくじき》を恥じない人」と書いている。光太郎自身は「自分は貧窮のなかで育ち、外国留学も小額な学費で生活し、智恵子と結婚してからも貧乏生活であったが、父が高名であったため、世間ではあべこべにとられて二重の苦しみを味わった」と述懐している。

そうはいっても明治時代に海外へ遊学し得たのは、父光雲の威光が背景にあったからである。吉原河内楼《よしわらかわちろう》の娼妓《しょうぎ》、通称モナ・リザとの恋愛は二十七歳のときであった。モナ・リザと別れてからは浜町河岸《はまちょうがし》の下宿をひき払って父の家へ戻った。

二十九歳のとき、本郷駒込《こまごめ》林町二十五番地にアトリエを新築し、そこで智恵子との生活がはじまった。「晩餐」につづいて「淫心《いんしん》」という詩を書いた。

をんなは多淫／われも多淫／飽かずわれらは／愛慾に光る……（中略）……淫をふかめて往くところを知らず／万物をここに持す／われらますます多淫／地熱のごとし

上下階あわせて300席。満席の
喧騒はまさに「牛鍋の戦場」

／烈烈——

性生活をここまで書くのは、さすが健啖家《けんたんか》で精力絶倫の光太郎である。光太郎の芸術世界は詩と彫刻の二つで成りたっている。

光太郎の際限のない放蕩《ほうとう》は、智恵子と結婚してからは一変したかに見える。しかし、それは放蕩が形を変え、自分本位の情念へつきすすんでいった虚構世界の結果である。ひたすら智恵子への熱愛に燃え、貧しいなかでも食欲と性欲はまるで衰えない。その結果、智恵子の精神は病んでいく。智恵子はもともと肋膜《ろくまく》に欠陥があったため、たびたび故郷の福島県油井村に戻って静養したが、病状は悪化していった。

光太郎は、「彼女がついに精神の破綻《はたん》を来《きた》すに至った更に大きな原因は何といってもその猛烈な芸術精進と、私への純真な愛に基く日常生活の営みとの間に起る矛盾撞着《どうちゃく》の悩みであったであろう」(「智恵子の半生」)と記している。

光太郎は、近代文学者のなかでは一番の大男(私の推測では一七七センチ)で、健啖家であった。父光雲も健啖家で「蕎麦《そば》のセイロを坐《すわ》っているせいの高さまで積み上げるほど喰べた」(「子供の頃の食事など」)という。大正十年(光太郎は三十八歳)に「米久《よねきゅう》の晩餐」という詩を書いた。

八月の夜は今米久にもうもうと煮え立つ。／鍵《かぎ》なりにあけひろげた二つの大部屋に／べつたり坐り込んだ生きものの海。／バットの黄塵《くわうぢん》と人間くさい流電とのうづまきのなか、／右もひだりも前もうしろも、／顔とシヤツポと鉢巻と裸と怒号と喧騒《けんさう》と、／麦酒瓶《ビールびん》と徳利と箸《はし》とコップと猪口《ちよこ》と、／こげつく牛鍋とぼろぼろな南京米《ナンキン》と、／さうしてこの一切の汗にまみれた熱気の嵐を統御しながら、／ばねを仕かけて縦横に飛びまはる／おうあのかくれた第六官の眼と耳とを手の平に持つ／銀杏返《いてふがへ》しの獰猛《だうもう》なアマゾンの群と。……

「八月の夜は今米久にもうもうと煮え立つ」というフレーズがくり返され、「おいこら酒はまだか、酒、酒」だの「ほらあすこへ来てゐるのが何とかいふ社会主義の女、随分おとなしいのよ」だの、「お一人前の玉《ぎよく》にビールの、一円三十五銭」だのと、客でごったがえす店の様子を活写している。

山盛牛肉をほめたたえ、牛鍋に舌つづみをうつ客を生き生きと描き、煮えたつ牛鍋を「魂の銭湯」と呼んでいる。

光太郎による力ずくの饗宴《きようえん》を読めば、ゴックンと唾《つば》を呑《の》みこんで、すぐ店へ行きたくなる。読む者の舌を挑発し、追い立てる気迫がある。

浅草ビューホテルの向かい側にあるアーケード街、ひさご通りを入ったところに米久がある。二階の窓は赤い欄干がついた数寄屋《すきや》造りで、看板に「百年の老舗《しにせ》・すき焼米久」と書いてある。小豆色の暖簾《のれん》をかきわけて入ると、ドンドーンという太鼓の音に迎えられた。

玄関の柱には古時計がかかり、ケヤキ木彫の布袋《ほてい》像が鎮座している。壁には昔の「米久」の看板がかかり、下足番号がついた木札が渡される。

米久は明治の初期、近江国《おうみのくに》の米屋の久次が近江牛三頭を連れて上京し、浅草の盛り場と吉原遊廓《ゆうかく》の中間にある当地で牛鍋屋を開店したのに始まる。

米屋の久次だから米久の屋号をつけ、近江牛を安い値段で提供すると、大衆的な牛鍋屋として大繁盛《だいはんじょう》した。畳敷きで、一、二階あわせると三百席もある。部屋の奥には池つきの庭があり、岩山から滝が落ち、その庭をとり囲むようにして牛鍋の台が並んでいる。ここから、もうもうと牛鍋の湯気がわきあがり、客が歓楽をつくす様子を、光太郎は「魂の銭湯」と呼んだのである。

現主人の丸山海南夫は四代目だ。明治時代は冷凍技術がなかったから、生牛肉を米久型という包丁で捌《さば》く技術が必要だった。肉屋では牛肉が手に入らず、牛鍋屋へ行っ

メニューは「牛鍋」のみ

て食べるしかない。光太郎は吉原の娼妓モナ・リザともこの店へ来たはずで、牛鍋をたらふく食べて精力をつければ、やることはただひとつ。

いまは、裏に浅草米久の銘が入った厚い鉄板鍋を使っているが、明治、大正時代は炭火を使ったため鍋は薄かった。

牛肉は、まるごと半匹（半丸という）の骨つき和牛を仕入れる。出す料理は牛鍋のみである。日本酒は櫻正宗《さくらまさむね》正一合（一八〇㎖）瓶。あとは御飯、お新香、みそ汁、と、いたってシンプルである。

ザク（具）は葱《ねぎ》、春菊、焼豆腐、シラタキ。大皿に盛られた霜ふりの牛肉はバラ色に輝いている。鉄鍋に割下醤油《じょうゆ》を入れてから煮るのが東京流だ。

江戸っ子は気が短いから、さっと煮て、さっと食う。主人に「料理のコツはなにか」と訊《き》いたら、「注文をうけたら、すぐに出すこと」という。客に「追加注文した肉はまだですか」なんて催促されるようではいけない。

なにぶん三百台の鍋があるのだから、畳の間も調理場もフル回転になる。注文をきいて遅れるようでは客が怒って帰ってしまう。牛鍋の戦場ともいうべき米久の喧噪《けんそう》のなかに、光太郎は人間の劇場を見ていた。

智恵子が没してからの光太郎は、花巻郊外太田村で農耕自炊の生活に入った。ジャガイモ畑を開墾し、サヤエンドウ、インゲン、ヒエを作った。谷川の水場に繁《しげ》ってい る山菜のミズを、おひたし、塩づけ、汁の実にして食べた。

野菜に対する光太郎の描写は、さながら彫刻をつくるような鮮烈な色彩がある。畑でとれたサヤエンドウを「私は口笛を吹きながらその筋をとる」という。「もぎたての近在ものが笊《ざる》に盛られた潑剌《はつらつ》さは、まるで地引網で引き上げた雑魚《ざこ》のやうにはね返りさうだ」と。「筋さへ取れば洗ふのは至極簡単。此《これ》を稍《やや》塩を強く利《き》かした塩うでにして、さつとあげて卓上でオリーヴ油と、モルトヴェニガアと、胡椒《こしょう》とで食ふ味はまつたく初夏の最上の贈りものだ。油は甘みを出し、酢は味を引きしめる。さやゑんどうは醬油なんかで煮てはいけない。此のサフアイヤ色の灯のともつたのに限る」。

調理法はパリ仕込みの本格派だ。六十歳をすぎた一人暮らしの光太郎は、食い散らす力に満ちている。人並み以上に強い自己の欲望にいらだちながら、野獣のような食欲を飼いならした。

そのころ、宮沢賢治の詩「雨ニモマケズ」に出てくる「一日ニ玄米四合ト／味噌《みそ》ト少シノ野菜ヲ食ベ」に関して、「かういふ最低食生活をつづけながら激しい仕事をやつてゐたら、誰でも必ず肋膜にかかり、結局肺結核に犯されて倒れるであらう」と持論を述べた。「粗を尊し」とする日本古来の考え方を批判し、「玄米とゴマ塩と梅ぼし

野菜・玉子付で一人前3160円

と沢庵とさへあればいい」とする通俗医学を攻撃した。牛乳と肉食をすすめ、食生活を改善して三代かかれば、日本人の肉体は世界水準に達する、という。光太郎の予告は、その通りになった。

米久の牛鍋は、光太郎にうってつけの料理であった。ひたすら食って、そのエネルギーで肉体を駆使し、また食うのである。

四代目主人は筋肉隆々で、聞くとウエイトリフティングの選手だった。客のなかには鉄鍋を懐《ふところ》に入れて持ち帰る人がいて、玄関を出るとき、懐から鉄鍋をガチャーンと落としてばれる。そんな話を聞けば、光太郎の詩「米久の晩餐」に新たにそのシーンが書き加えられるであろう。

高村光太郎（たかむら・こうたろう　１８８３〜１９５６）東京生まれ。父は彫刻家の高村光雲。東京美術学校彫刻科卒。ニューヨーク、ロンドン、パリに留学、ロダンやヴェルレーヌの作品に衝撃を受ける。十和田湖畔の「乙女の像」などの彫刻作品のみならず、亡《な》き妻を詠《うた》った『智恵子抄』や『道程』などの詩集でも知られ、昭和25年読売文学賞を受賞。

谷崎潤一郎と「浜作」

「モウ五時ダネ、オ婆《ばあ》チャン、コレカラ銀座ヘ出テ晩飯ヲ喰ッテ帰ロウジャナイカ」
「銀座ノドコヘ」
「浜作ヘ行コウヨ、コノ間カラ鱧《はも》ガ喰イタクッテ仕様ガナインダ」
（『瘋癲老人日記』）

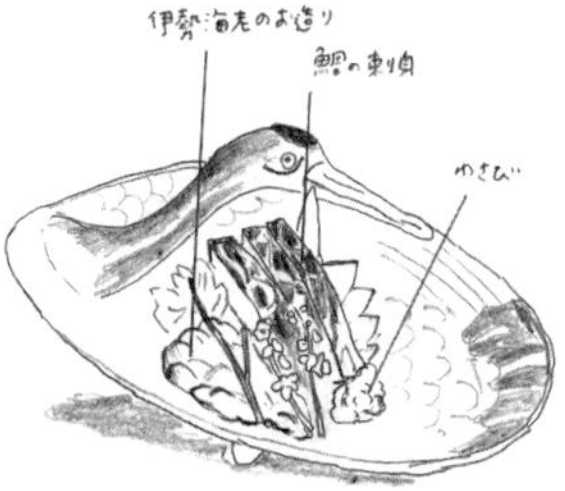

本店浜作
東京都中央区銀座 7-7-4
03-3571-2031

谷崎潤一郎の小説『瘋癲老人日記《ふうてんろうじんにっき》』に「浜作へ行コウヨ、コノ間カラ鱧ガ喰イタクッテ仕様ガナインダ」というシーンが出てくる。老妻と颯子《さっこ》・浄吉《じょうきち》夫妻と一緒に出かけ、突き出しは滝川豆腐、晒《さら》し鯨《くじら》の白味噌和《しろみそあ》え、刺身《さしみ》は鯛《たい》の薄造り二人前と鱧の梅肉二人前。ほかに鱧の附焼（卯木督助《うつぎとくすけ》こと谷崎のみ）、鮎《あゆ》の塩焼、松茸土瓶蒸《まつたけどびんむし》、茄子《なす》の鴫焼《しぎやき》を注文して「マダ何カ喰ッテモイイナ」と思案する。

谷崎は昭和三十三年（七十二歳）に右手が麻痺《まひ》して、以後は口述筆記に頼らざるを得なくなった。七十四歳のとき狭心症《きょうしんしょう》をおこして東大附属病院上田内科に入院して二カ月近く治療に専念した。その翌年（七十五歳）から「中央公論」に『瘋癲老人日記』の連載をはじめた。これを書き上げたとき、谷崎は七十六歳になっている。小説のままではないにせよ、病みあがりの七十六歳でこの食欲だから、健啖《けんたん》ぶりがうかがわれる。谷崎は早食いで、出された料理をすぐ食べてしまう。狭心症のため酒が飲めなくなっていた。

「浜作」の女将《おかみ》塩見栗子《りっこ》さんは、カウンターに陣どった谷崎が、松子夫人（日記ではオ婆《ばあ》チャン）や若夫婦（日記では颯子と浄吉）を連れて食事をする様子を、ついこのあいだのように覚えている。谷崎は、右手のしびれがとれないので毛糸あみの手甲をはめて、松子夫人に料理をとって貰《もら》っていた。

『瘋癲老人日記』は、瘋癲老人卯木督助の日記という形式をとり、わがままな老人の放埒《ほうらつ》な生活ぶりを描いている。「浜作」へ行った瘋癲老人は、連れていった颯子の鱧の刺身の残りを食べ、刺身につける梅肉の小皿が穢《きたな》らしく食い荒されているのを見のがさず「ワザトデハナイカト思ウ」。鮎の腸《わた》もわけて貰い、「颯子ノ鮎ノ残骸《ざんがい》ハ成ル程マコトニキタナラシイ。梅肉以上ニ喰イ散ラサレテイル。コレモ意味ガナクハナイヨウニ予ニハ取レル」。目のつけどころが違う。そこからエロティックな夢を紡《つむ》ぐのである。

谷崎文学を「美食の文学」と定義づけたのは三島由紀夫である。「氏の小説作品は、何よりもまず、美味《おい》しいのである。支那料理のように、フランス料理のように、凝りに凝った調理の上に、手間と時間を惜しまずに作ったソースがかかっており、ふだんは食卓に上らない珍奇な材料が賞味され、栄養も豊富で、人を陶酔と恍惚《こうこつ》の果てのニルヴァナへ誘い込み、生の喜びと生の憂鬱《ゆううつ》、活力と頽廃《たいはい》とを同時に提供し、しかも大《おお》根《ね》のところで、大生活人としての常識の根柢《こんてい》をおびやかさない」

谷崎が三十二歳のときに書いた二十八章だての小説『美食倶楽部《くらぶ》』には、谷崎の料理に対する狂気の嗜好《しこう》が端的に示される。美食を追求する五人の紳士は、脂肪過多のためでぶでぶに肥え太り、飽食の日々を過ごしている。

「ふく白子の
白味噌椀」

夜汽車で京都へ出かけて上七軒町《かみしちけんちょう》のすっぽん屋へ行き、河豚《ふぐ》を食べに下関へ行き、烏森《からすもり》の芸者屋町へ来る屋台の焼米《シュウマイ》を試しても納得がいかない。五人の食客はさらなる美食を求め彷徨《ほうこう》する。そのひとりのG伯爵《はくしゃく》が胡弓《こきゅう》の音につられて入りこんだ秘密倶楽部「浙江会館《せっこう》」でくりひろげられる魔術的料理のかずかずは、食欲と肉欲が蜜《みつ》となってからまり、寄り添っている。この小説は、最後に謎《なぞ》の料理が示され、読者がその謎の迷宮へほうり出される仕掛けになっている。

ここには「悪魔主義の作家」として文壇を席巻《せっけん》した絶頂の谷崎がいる。灰色の自然主義文学に対抗して、絢爛《けんらん》たる官能の美をさし示した享楽《きょうらく》派の面目がある。

谷崎が生まれた東京日本橋蠣殼町《かきがらちょう》（現・人形町）は明治の残り火を宿す老舗《しにせ》の洋食店、中国料理店、鳥鍋《とりなべ》屋、寿司《すし》屋、天ぷら屋が軒を並べ、東京では食べ物屋がきわだってうまい一帯である。そこの商人の息子だから、舌は子どものころから奢《おご》っていた。江戸文化の中心地であった日本橋は蔵造りの町並みであった。

少年時代には、代官屋敷から魚文という魚屋が御用聞きにきた。魚屋は勝手口の油障子《しょうじ》を開け、附木《つけぎ》に平仮名で書いた魚の名を読みあげ、母親は父用に酒の肴《さかな》（刺身）を買った。

子らに供せられるのは八百屋で買った野菜類で、蓮根《れんこん》、里芋《さといも》、薩摩芋《さつまいも》、慈姑《くわい》、牛蒡《ごぼう》、人参《にんじん》、蚕豆《そらまめ》、枝豆、莢隠元《さやいんげん》、筍《たけのこ》、大根などで、それを鰹節《かつおぶし》や醬油《しょうゆ》や砂糖で甘辛く煮つけた。たまに金平牛蒡《きんぴらごぼう》、茄子の鴫焼、ちぎり蒟蒻《こんにゃく》の胡麻《ごま》味噌和え、巻繊汁《けんちんじる》が出た。が、そういうものは手間がかかるのか、始終は作ってくれなかった。(『幼少時代』)

谷崎が好きだったのはとろろ汁で「沢山食べるとお腹《なか》が張るよ」といわれながらお代りをした。魚の比目魚《ひらめ》、鰈《かれい》、鮎並《あいなめ》、鯵《あじ》、鱈《たら》、鯡《にしん》、鮫《さめ》、生節《なまりぶし》は煮つけで、焼くのは蒸し鰈、魴鮄《ほうぼう》、鰯《いわし》、飛魚《とびうお》くらいであった。毎月十日の祖父の命日には、土蔵の座敷に一《いっ》閑張《かんばり》の机を据え、祖父の写真を飾り西洋料理を供えた。最初は何皿かあったが、いつのまにかオムレツにパセリを添えたものが、弥生軒《やよいけん》か保米楼《ほめろう》から届けられた。

生家のすぐ近くにある玉秀《たまひで》のかしわも取りよせた。玉秀は親子丼《どん》発祥の店「玉ひで」として、いまなお繁盛《はんじょう》している。

子ども時分に食べ馴《な》れたものをなつかしく思い出しつつも、「東京には何ひとつとしてうまいものはない」と斬《き》って捨てた。

「(鮫の)切り身を東京流の黒い醬油で煮て皿の上へ載せたところは、ちょうど丸太を輪切りにしたように年輪に似た筋があって、何のことはない、木で拵《こしら》えた土瓶敷《どびんしき》があるだろう、まあ色合いも形もとんとあれにそっくりなのだ」(「東京をおもう」)

秋刀魚《さんま》に、小鰭《こはだ》に、鰯に、シコ(カタクチイワシ)といった下魚は、元来田舎料理であって、そういう侘《わび》しいものを「一寸《ちょっと》オッだ」といって賞味する江戸っ子の言葉を聞くと、「一種のうすら寒い身ぶるいを感じ、その蔭《かげ》に隠されている東京人の薄ッぺらさを考えて何とも云えず悲しくなる」と断じた。

谷崎は、大正十二年（三十七歳）、箱根で関東大震災に遭い、関西へ移住した。はじめは京都に住み、一年後に兵庫県武庫郡本山村に本居を構え、東京の生活を捨てた。谷崎にとって関西での発見は、女と料理にあった。

四十九歳のとき、豪商根津家の御寮人《ごりようにん》根津松子と、三度目の結婚をした。戦時中に執筆した『細雪《ささめゆき》』は松子夫人（幸子《さちこ》）と三人の姉妹たち（鶴子《つるこ》、雪子、妙子《たえこ》）がおりなす縁談物語で、戦後のベストセラーになった。

「上方《かみがた》と云うところは誠に美食家の天国である。私など日本酒のうまみと云うのは関西へ来てから、始めておぼえたようなものだ」

「元来東京と云う所は食い物のまずい所なのだ。純粋の日本料理は上方に発達したので、江戸前の料理はその実田舎料理なのだ」

江戸前料理をぼろくそにけなすのは、生地日本橋への愛着の裏返しでもあり、父親を「敗残の江戸ッ子」としている。「敗残の江戸ッ子」は谷崎じしんでもあり、関東大震災から戦争へ突入していく帝都東京への嫌悪《けんお》がある。小説『美食倶楽部』を読め

創業以来の名物「カレイの煮下ろし」

ば、谷崎の料理観が、空想楼閣の食卓であることがわかるが、料理を食べる舌は生身の自分である。関西に住み、松子夫人と食べた一皿の鯛の刺身には、底知れぬ官能があった。初夏の鮎、鱧、ぐじ、秋の加茂茄子、松茸が好きで、野菜は、ことごとく京都産を好んだ。

浜作は昭和三年に銀座に開店した関西料理の老舗で、コース料理もあるが、二階和室や一階のカウンターで好みの一品料理を注文できる「喰い切り料理」の店である。谷崎のほか幸田露伴、坪内逍遥《しょうよう》、菊池寛、志賀直哉《なおや》、大佛《おさらぎ》次郎、舟橋聖一といった文豪が、贔屓《ひいき》にしていた。吉行淳之介《よしゆきじゅんのすけ》も、浜作の鯛のあら煮が大好物だった。

坪内逍遥が詠《よ》んだ歌に、

自動車を門に待たせて浜作に
　飲み食ふ客のけふもあふれり

がある。運転手つきの自家用車と浜作というとりあわせが二重に贅沢《ぜいたく》だったのだろう。この店の名物料理は、カレイの煮下ろしで、唐揚げしたカレイの上に大根おろしをたっぷりとまぶしている。海底のカレイが白砂の下からすっと姿を出した気配がある。オレンジ色の卵が入った鮒《ふな》寿司は三年ものの甘露漬け。冬の定番、白子の白味噌椀は、だしのきいた白味噌汁にフグの白子がふんわりと浮いて、さながら「月に群雲《むらくも》」といった色気がある。いずれも初代塩見安三《やすぞう》が工夫した料理で三代目当主の塩見彰英《あきひで》はそれを忠実にうけついでいる。カウンターの左端に座った谷崎は初代と気があって「この魚はなにかね」と熱心に訊《き》いていた、という。この世の快楽を食いつくした谷崎である。欲望醸造魔として、老いてなお凄味《すごみ》のある視線で板前の手さばきをさぐっていた。上等の着物を着て、にこやかに座っていても、料理への空想力が肥大していく。

『瘋癲老人日記』の主人公卯木督助は、最後は颯子の足の仏足石を作り、その下へ自分の骨を埋めて貰おうとするのである。浜作で鱧の梅肉を乱暴に汚した颯子のふるまいのなかに、すでに性的快楽を予見している。味覚は舌だけの感触でなく、官能的でエロティックな旋律を含んでいる。

谷崎は文章に関して、こう書いている。

「文章の味と云うものは、芸の味、食物の味などと同じでありまして、それを鑑賞するのには、学問や理論は余り助けになりません。（中略）鯛のうまみを味わうのには、鯛と云う魚を科学的に分析しなければならぬと申しましたら、きっと皆さんはお笑いになるでありましょう。事実、味覚のようなものになると、賢愚《けんぐ》、老幼、学者、無学者に拘《かかわ》らないのでありますが、文章とても、それを味うには感覚に依《よ》るところが多大

谷崎が、これがあるかどうか必ず確認した「鯛のあら煮」

であります」（『文章読本』）

谷崎が小説『美食倶楽部』で提示した料理は、谷崎自身によって、わずかに否定されている。それは、「浙江会館」に集まる中国人が「頽廃《たいはい》と懶惰《らんだ》との表情に満ち満ちて」おり、食い過ぎの客は「廃人のやうな無意味な瞳《ひとみ》を見開いたまゝ、うつら〳〵と煙草《たばこ》を燻《く》ゆらして」いるのである。この頽廃が、料理の官能をいっそうひきたてる構図になっていく。

しかし、晩年の谷崎は、松子夫人という美貌《びぼう》の女王と出会った。松子夫人の手ほどきで空想の域をこえた関西料理を知り、現実の自己を十倍にも二十倍にもふくらませてみせた。刺身一切れのなかには、虚実皮膜の性愛のぬめりが隠されている。

谷崎潤一郎（たにざき・じゅんいちろう　1886〜1965）東京生まれ。東京帝国大学国文科中退。在学中に第二次「新思潮」を創刊、『刺青』を始めとする作品が永井荷風に激賞され、文壇に確固たる地位を築く。『痴人の愛』『卍《まんじ》』『蓼《たで》喰《く》ふ虫』『春琴抄』『陰《いん》翳《えい》礼《らい》讃《さん》』『細雪』など数々の代表作のほか、「源氏物語」の現代語全訳でも知られる。昭和24年文化勲章受章。

岡本かの子と「駒形《こまかた》どぜう」

「今晩は、どうも寒いな」

店の者たちは知らん振りをする。老人はちょっとみんなの気配いを窺《うかが》ったが、心配そうな、狡《ずる》そうな小声で
「あの――註文の――御飯つきのどじょう汁はまだで――」

と首を屈《かが》めて訊《き》いた。

(『家霊』)

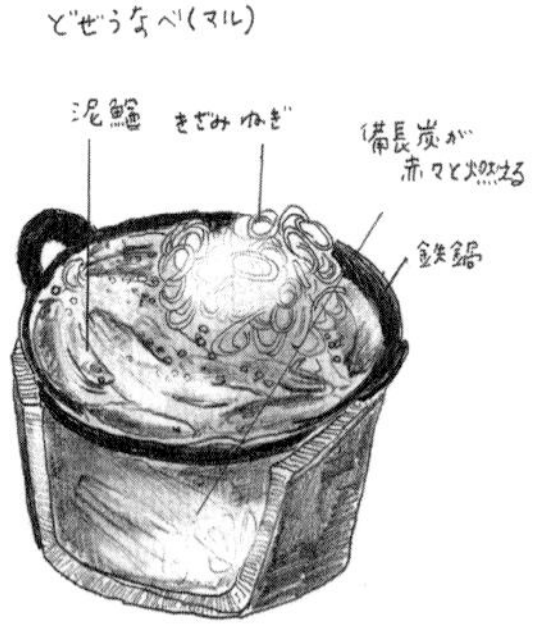

駒形どぜう
東京都台東区駒形 1-7-12
03-3842-4001

「駒形どぜう」の創業は享和《きょうわ》元年（一八〇一）で、創業二百年余の老舗《しにせ》である。初代は武蔵国《むさしのくに》（埼玉）の出身でどぜう汁とどぜう鍋《なべ》を商う店をひらいた。泥鰌《どじょう》を「どぜう」と書くのは、四文字では縁起が悪いと初代が考えたからだ。「どじょう」より「どぜう」のほうが風流である。

店は江戸商家の出桁造《だしげたづく》りで、塀越しに山茶花《さざんか》と柳の木が植えてある粋《いき》な造り。連子窓《れんじまど》の角行灯《かくあんどん》に「どぜう汁」と書いてある。柳の木の下にアンツル（安藤鶴夫《つるお》）さんの解説で、久保田万太郎の句碑があり、「神輿《みこし》まつまのどぜう汁すゝりけり」と刻《ほ》ってあった。

のれんをくぐると、畳敷きの広い部屋の奥に神棚が飾られ、長板のテーブル（かな板）にどぜう鍋が並び、客が座りこんで食べている。きざみ葱《ねぎ》を盛った木箱、割下の土瓶、七味唐辛子入りの竹筒と山椒《さんしょう》入りの竹筒。部屋じゅうに泥鰌を煮る甘い匂《にお》いがぷーんと立ちのぼる。

備長炭《びんちょうたん》が赤々と燃えるコンロの上で、どぜう鍋がぐつぐつと煮えている。丸のままの泥鰌を煮るため、通称マルという。二〇グラムほどの小さな泥鰌は、酒で酔っ払わせてから味噌汁《みそしる》で煮込んであり、骨までやわらかくなっている。

そこへきざみ葱をたっぷりのせて、ほどよく煮立ったところを皿へとり、七味唐辛子をかけて食べる。マルを肴《さかな》にして日本酒を飲むのが江戸っ子の粋《いき》で、久保田万太郎や獅子《しし》文六をはじめとする食通に愛されてきた。文六が井上靖《いのうえやすし》を連れてきたところ、井上靖は、マルを気味悪がって柳川鍋を食べていたが、文六があまりにうまそうに食うものだから恐る恐るハシを出して、「これは、なかなか、ウマいですな」とマジメの極の顔でいった。

柳川鍋を出す店はあっても、マルを出す店はそうそうない。泥鰌一匹をまるごと骨のまま調理するには、下ごしらえが難かしい。手間がかかる。

駒形どぜうは安政二年（一八五五）の大地震で焼け、明治維新では討幕軍と上野彰義隊の戦争で休業し、明治六年に焼け、大正十二年の関東大震災で焼け、昭和二十年の東京大空襲で焼けた。いくたびかの大火で焼けつつも不死鳥のようによみがえってきた。

それは、この店のどぜう鍋が多くの人々に支持された結果で、現当主の六代目越後《えちご》屋《や》助七にひきつがれている。川端康成《やすなり》がはとバスの客としていきなりやってきたときは、六代目は恐縮したという。いまの建物は築四十五年になり、文化財に登録されようとしているが、はてどうしようかと六代目は考えているところだ。

駒形どぜうに人気が集ったのは、どぜう汁と御飯だけの客も多かったからだ。明治

戦後から店で出すようになった「柳川なべ」

の車夫行商人は、どぜう汁と御飯（五銭五厘《りん》）をかきこんで仕事をした。現在はどぜう汁（三五〇円）と御飯（二八〇円）で六三〇円である。御飯はお櫃《ひつ》で出てくる。漬け物は一〇〇円。私は小学生のころよりこの店へ通っているが、どぜう汁だけで御飯をかきこみ、さっと立ち去る客を何人も見た。その様子が颯爽《さっそう》としているので一度は真似《まね》しようと思うが、店へ行くと、ついマルに手が出てしまう。

漫画家の岡本一平（岡本太郎の父）は駒形どぜうの常連客で、五代目と親しかった。一平が妻かの子を連れてきたのは昭和十三年の秋であった。岡本かの子は、その経験から、小説『家霊』（「新潮」新年号）を発表し、十四年二月十八日に急逝した。かの子の遺作となった『家霊』は、泥鰌屋の女主人と老いた彫金職人にまつわる因縁話である。小説に出てくる店名は「いのち」という。

押し迫った暮近い日、店を閉める前に老職人がやってきて、「御飯つきでどじょう汁一人前」を注文するが、いつも代金を払わない客だから断られる。それでも老人は、勘定を払えない言訳をはじめる。

それは身ぶり手ぶり入りの講釈で、「左の手に鏨《たがね》を持ち、右の手に槌《つち》を持つ形をし」て肩の附根《つけね》から振りおろす。槌の手は天体の軌道を思わせる弧線を描いて、定まった距離でぴたりと止る。

「ですから、どじょうでも食わにゃ遣《や》りきれんのですよ」

　という一くさりで、泥鰌汁と飯をせしめるのだ。そしてまた別の日にやってきては、掻《か》き口説くように喋《しゃべ》る。

「人に嫉《ねた》まれ、蔑《さげす》まれて、心が魔王のように猛《たけ》り立つときでも、あの小魚を口に含んで、前歯でぽきりぽきりと、頭から骨ごとに少しずつ嚙《か》み潰《つぶ》して行くと、恨みはそこへ移って、どこともなくやさしい涙が湧《わ》いて来る」

「食われる小魚も可哀《かわい》そうになれば、食うわしも可哀そうだ。誰も彼もいじらしい。……」

　じつは、先代のおかみさんが「どじょうが欲しかったら、いくらでもあげますよ」と言っていた。勘定のかわりに、老職人が一心うちこんだ彫金の簪《かんざし》を持ってこい、と言っていた。いくつかの簪を納め、最後は一本足の古風な簪（頸《くび》に千鳥一羽）を渡した。しかし、もう身体《からだ》が弱って勘定を払う当てはない。

「……ただただ永年夜食として食べ慣れたどじょう汁と飯一椀《わん》、わしはこれを摂らんと冬のひと夜を凌《しの》ぎ兼ねます。朝までに身体が凍《こご》え痺《しび》れる。わしら彫金師は、一たがね一期《いちご》です。明日のことは考えんです。あなたが、おかみさんの娘ですなら、今夜も、あの細い小魚を五六ぴき恵んで頂きたい。死ぬにしてもこんな霜枯れた夜は嫌です。

今夜、一夜は、あの小魚のいのちをぽちりぽちりわしの骨の髄に噛み込んで生き伸びたい――」

美食家のかの子が、ここまでほめちぎったどぜう汁は、江戸甘味噌《あまみそ》（エドアマ）と京都の赤味噌をあわせた味噌汁である。椀の底に小さな泥鰌が五、六匹入っている。刻み葱を少々乗せてすすると、ほのかに麹《こうじ》の甘みがたちのぼる。ポタージュ風のとろりとした味噌汁で、濃味のため、御飯にあう。

かの子は四十歳から四十二歳までヨーロッパへ行き、フランス料理通になった。息子の太郎をパリへともなったのもこのときである。一平の漫画が売れて金まわりがよくなったため使い放題だった。性関係を断った夫一平のほか、恋人の恒松《つねまつ》安夫（終戦後の島根県知事）や新田亀三（慶応病院医師）を連れての渡欧であった。

帰国後に書いた小説『食魔』は出色の料理小説である。それはただ美味なるものを追い求めるのではなく、料理人の野心と孤独と倦怠《けんたい》がもつれあう。

かの子の料理小説は、料理そのものを素手でざらりと触り、講釈を捨ててわしづかみで自分の喉《のど》にひきずりこんでみせる。太って醜くなっても「わたしのペットは私の心臓です」と内臓まで愛惜する。

だから世間から嫌われた。

きざみ葱を好きなだけのせて食す「どぜうなべ」

かの子の作品に理解を示した亀井勝一郎《かめいかついちろう》は「十年の甲羅をへた大きな金魚のやうに見える」(『追悼記』)と評したし、かの子が尊敬していた谷崎潤一郎は、「白粉《おしろい》デコデコの醜婦で、着物の趣味が悪い」と嫌悪感《けんおかん》むき出しで斬《き》り捨てた。夫のほかに二人の恋人と暮らすという異常な生活は、世間から奇異の目で見られた。脂《あぶら》ぎった容貌《ようぼう》怪異な中年女が、どのようにしてこのような逆ハーレム生活ができたかは瀬戸内晴美(寂聴)『かの子撩乱《りょうらん》』に詳しいが、かの子を支え、その才能を育てたのが夫の一平であったことは確かである。

かの子は神奈川県橘樹《たちばな》郡(現・川崎市)に三百年つづいた豪商、大貫《おおぬき》家(屋号は大和屋)の娘であった。いろはの番号がついた四十八の蔵をもち、二十余台の馬車を備え、百人余の雇い人がいた。その大和家が破産した。かの子が背負っていたのは没落していく家の「家霊」であり、岡本一平との邂逅《かいこう》がなければ自死したかもしれない。崩れゆく家と、満たされない欲望は、自然主義文学流でいけば、自己罪悪視、自己否定となるが、一平が女王としてかの子を育てることによって自己神格化の道を進んだ。

かの子を崇拝して救済した一平は、そのじつ岡本かの子という妖怪《ようかい》を育てた加害者でもあって、老舗の駒形どぜうへ連れていったのは、どぜう汁を食べさせながら、駒形どぜうの「家霊」を見せようとしたからだ。

小説『家霊』は、まだ、あとがある。

娘の母親である病床の先代おかみは、「この家は、おかみさんになるものは代々亭主に放蕩《ほうとう》されるんだがね。(中略) 誰か、いのちを籠《こ》めて慰めて呉《く》れるものが出来るんだね」といって、白粉で薄く顔を刷《は》き、戸棚のなかから箱をとり出して頬にあてがい、懐《なつ》かしそうに揺《ゆす》ってみせる。箱のなかで金銀簪の音がするのを聴いて、「ほほ　ほほ」と含み笑いをするのである。

泥鰌料理屋の話を書きつつ、かの子が目をつけたのは、この含み笑いであった。そのため、店名を「いのち」とした。

駒形どぜうとしては、店の料理をほめてくれるのはいいが、ありもしない物語を勝手に書かれるのは迷惑であったろう。

一平の回想によると、下町の味を教えてやろうと思ってかの子を駒形の泥鰌屋へ連れていってやったが、そのあと、かの子は嘔吐《おうと》した、という。

駒形どぜうの六代目は、にこやかで、男っぷりがよく、気性がおおらかだ。「漬け物には山椒をふりかけるとうまいよ」という。泥鰌料理屋になぜさらしくじらがあるかというと、『本草綱目《ほんぞうこうもく》』に「鯨と泥鰌は本来は同じものだが、鯨はたまたま海に棲《す》んでいるから大きくなった」と書いてある。くじらの漢名は海鰌である。というよう

山椒をたっぷりとかけて食す「どぜう蒲焼」

な話をすると、「なに、一番ちっちゃい魚に一番でっかい魚をあわせると面白いってんで、昔から出してるんです」とのことだった。この店のさらしくじらは、ひんやりと舌にのって、あっさりした味だ。

六代目はパリとニースへ、蕎麦《そば》打ちに行く。世界的料理人のポール・ボキューズに招かれて、ここ七年間ほど蕎麦打ちを教えにいっている。そういわれて店内を見渡すと、フランス人の客が多い。アメリカ人は骨つきを嫌うが、食通のフランス人は骨を食べるのが好きだ。フランスからはるばる駒形どぜうへやってくる客がいることを岡本かの子が知ったらさぞかし仰天するだろう。

岡本かの子（おかもと・かのこ　1889〜1939）
東京生まれ。跡見女学校卒。兄の友人・谷崎潤一郎の影響もあって文学に傾倒した。歌人として認められ、仏教研究の著書も多い。夫の岡本一平は売れっ子の漫画家で、息子は芸術家・岡本太郎。小説デビューは47歳と遅いが、急逝するまでの3年間で次々と名作を発表した。

川端康成と「銀座キャンドル」

娘が卵を持って来た、割ってくれると、
「はい。」と言って出て行った。
妻は卵を横目でにらんで、
「私はなんだか気味が悪くて飲めませんね。あなた召しあがれ。」
夫もぼんやり卵を横目で見ていた。
(「卵」『掌の小説』)

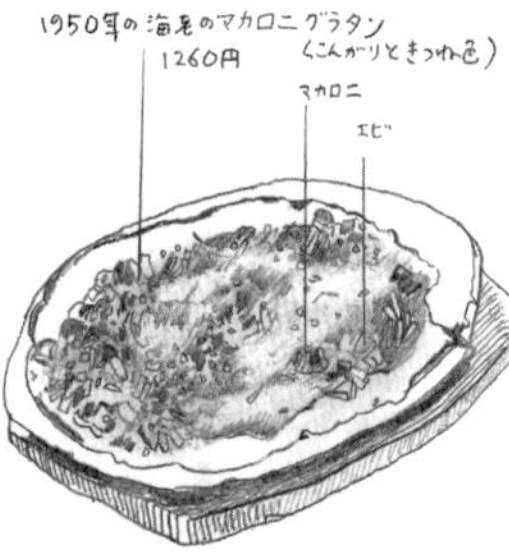

銀座キャンドル
東京都中央区銀座 7-3-6
有賀写真館ビル B1F
03-3573-5091

「銀座キャンドル」が銀座に店を開いたのは昭和二十五年（一九五〇）である。初代岩本正直《まさなお》は進駐軍ベースでバスケットに盛られたフライドチキンを食べて仰天し、「こういうものを提供する料理店を作りたい」と妻の雛子《ひなこ》に相談した。雛子は、じゃ、映画「哀愁」（ヴィヴィアン・リー主演）に出てくるダンスホールの「キャンドルライト・クラブ（Candlelight Club）」みたいなのにしましょうよ、と提案して、みゆき通りの角の二階に「キャンドル」ができた。

敗戦後五年で、食料物資が極めて不足する時代にあって、八〇〇円（現在の感覚で一万三〇〇〇円ほどか）もするチキンバスケットは、銀座ならではの高級料理として垂涎《すいぜん》の的となった。

開店した年に川端康成が二十五歳の三島由紀夫を連れて食べにきた。店のカウンターの壁に二人のサインがかけてある。そのとき川端は五十一歳で朝日新聞で十二月から『舞姫』の連載がはじまった。

川端は二十六歳で『伊豆《いず》の踊子』を書いて一躍人気作家となり、『雪国』（三十八歳）で文学的評価を確固たるものとし、四十九歳で日本ペンクラブ会長に就任していた。

すぐ近くに文藝春秋本社があり、みゆき通りの「キャンドル」は、人気文士はじめ映画スターや歌手の溜《たま》り場となった。ガラス張りの高級店で、こんがりとキツネ色に揚げられたチキンは、さながら二十四金の舌ざわりであったろう。

川端はやせて躰《からだ》が小さいが、食に対する執着は鬼気せまるものがあった。生まれて満一歳のとき父が死に、その翌年母を失い、七歳のときに祖母を失い、十歳のとき姉を失い、十四歳のとき、最後の肉親である祖父を失って孤児となった。母方の親戚《しんせき》にひきとられるが、食事は遠慮がちになる。友人の今東光《こんとうこう》は「身寄りはなく、結局親類の家を転々として育ち、ご親類には悪いが、天下の秀才にでもなれば大事にしてくれたろうが、小さいときはそれもわからず、川端の家はお荷物残してくたばりやがって、という感情があるのも当然で、どこの家でも、決していい待遇はしなかった」と回顧して、「居候《いそうろう》の名人」と評している。

一高時代は、休みになると学生たちは故郷に帰るが、川端は帰る家がないので今東光の家へ来て過ごした。この習慣は、それから数十年たっても変らず、元旦《がんたん》には今東光の家へやって来た。「おめでとう」と言うわけでもなく、「腹へったよ」「おにぎり食わしてくれよ」と昔のように頼んだ。文壇で名をなしてからも、運転手つきの自家用車でやってきて「運転手にも食わせろ」と言った。これは川端が意図的にしたことで、つまりは、今東光とそれぐらい仲がよかった。

ケチャップたっぷりの懐かしい味
「童心に帰るオムライス」

一高時代からの恩に報いるため、今東光が昭和四十三年（川端は六十九歳）の参院選に立候補すると、選挙事務長となり、街頭演説までした。六十二歳で文化勲章を受章した川端が応援演説した効果もあって今東光は当選した。のみならず、その年の暮れに川端はノーベル文学賞を受賞した。それをやっかんだ連中が、ノーベル賞のために今東光の弟である今日出海《こんひでみ》文化庁長官（当時）が動いた、と噂《うわさ》した。

川端の出世作『伊豆の踊子』は青春小説として何度も映画化され、映画化されることによって、淡くせつない恋物語の抒情《じょじょう》が定着したのだが、これは川端文学を理解するうえで、さまたげとなった。映画は見ても原作を読む人は少ない。

三島由紀夫は「『伊豆の踊子』の終局に見られる『甘い快さ』がどうして抒情であろうか。これはむしろ反抒情的なものだ」（新潮文庫版「解説」）と喝破《かっぱ》している。『伊豆の踊子』を仔細《しさい》に読めば、宿のおかみさんが「あんな者（旅芸人）に御飯を出すのは勿体《もったい》ない」というシーンが出てくる。旅芸人栄吉の「おふくろ」は「私」に鳥《とり》鍋《なべ》の食事をすすめ「一口でも召し上って下さいませんか。女が箸《はし》を入れて汚いけれども、笑い話の種になりますよ」と言う。別れるときに栄吉は、敷島《しきしま》（煙草《たばこ》）四箱と柿《かき》とカオールという口中清涼剤をくれる。

小説の終りで「私」は、船室で会った東京へ行く少年が差し出す海苔《のり》巻《まき》を泣きながら食う。「肌が寒く腹が空《す》いた。少年が竹の皮包を開いてくれた。私はそれが人の物であることを忘れたかのように海苔巻のすしなぞを食った。そして少年の学生マントの中にもぐり込んだ」

それにつづいて、「私はどんなに親切にされても、それを大変自然に受け入れられるような美しい空虚な気持だった」とあるのは一高時代、今東光の家に居候していたときと状況はほぼ同じである。真暗ななかで少年の体温に温まりながら、涙を出委《でまか》せにしているうち「頭が澄んだ水になってしまっていて、それがぽろぽろ零《こぼ》れ、その後には何も残らないような甘い快さだった」と、『伊豆の踊子』は終っている。

その「甘い快さ」を三島は「反抒情的なもの」とし、「純粋に選択され限定され定着され晶化された資質の、拡大と応用と敷衍《ふえん》の運動の軌跡」と、やたらと難かしく評した。

『伊豆の踊子』は、美少女と「私」との青春小説の体裁をとりつつも、その恋が成就《じょうじゅ》しないことは最初からわかっている。踊り子は「成就しない恋の対象」として、「私」のなかにある架空の「物」でしかない。

それは武田泰淳《たけだたいじゅん》が指摘する「辛抱づよいニヒリスト」の体質である。にもかかわらず読者を引きずり込む魔術的手法のひとつが「食べ物」の描写である。鳥鍋や海苔巻といった道具だては、目だたぬように仕込まれ、効果的に使われる。

川端は下戸《げこ》である。

しかし、『雪国』の主人公島村は酒を飲む贅沢《ぜいたく》な舞踏評論家である。恋の相手の駒子《こまこ》は雪国の温泉芸者で、結ばれないことは最初からわかっている。逢瀬《おうせ》を重ねるうちに駒子は純な愛をつのらせ、島村は別れるために長逗留《ながとうりゅう》を打ちきろうとする。駒子は島村が泊っている宿の玄関まで送ってきて、「お休みなさいね」と、どこかへ消えたのに、しばらくするとコップに二杯なみなみと冷酒《ひやざけ》をついで、部屋に入って来て、激しく、

「さあ、飲みなさい、飲むのよ」

と迫る。島村は突きつけられた冷酒を無造作に飲んだ。これぞ男の自尊心をくすぐるせつなく胃に沁《し》みる酒である。このシーンでも、酒が別れ話の小道具として効果的に使われ、『伊豆の踊子』の海苔巻と同じく、他人からの「おごられもの」である。これは酒のなかでも一番身にしみる。

その積極的な受け身は、女がそうせざるを得ない状況に追いこまれる稀有《けう》な才能であって、苦境にひそむ官能と快楽が「甘い快さ」になる。したたかである。「芥川賞が欲しい」と手紙をよこした太宰治に対してあれほど冷酷になれたのは、受け身の技

「元祖！　世の中で一番おいしいと言われるチキンバスケット」

術は川端のほうが一枚上手《うわて》であったからだ。食客の辛酸をなめてきた川端からすれば、金持ちの息子である太宰がどれほど落ちこもうが、そんなことはどうでもいいことであった。

孤絶した食客でありつつも、悲しい味覚を体得し、傲慢《ごうまん》なほど胃袋に消化していく。小食で、晩年は小さな弁当を四つにわけて食べた川端は、「キャンドル」のチキンバスケットを目を光らせて食べた。「キャンドル」が開店する二年前に『川端康成全集』全十六巻（新潮社）の刊行（昭和二十九年四月に完結）が始まり、このころは金廻りがよくなり、岸恵子《けいこ》やエノケンを同伴して「キャンドル」へ来た。「キャンドル」は一九五〇年代の「花形レストラン」であったが、いまは銀座外堀通りの有賀写真館地下一階へ店を移し、三代目の岩本忠《ただし》が安い値段で、「昔の洋食」を出している。チキンにコロモをつけてカツのように揚げるのが特長だ。

川端が文化勲章を受章した六十二歳のときに、朝日新聞に連載を始めた『古都』には、京都の錦市場《にしきいちば》や湯波半《ゆばはん》、上七軒《かみしちけん》、円山《まるやま》公園の左阿彌《さあみ》という料亭が出てくる。このころ、川端は睡眠薬の常用者となっていた。「あとがき」に『『古都』を書き終えて十日ほど後に、私は沖中内科に入院した。多年連用の眠り薬が、『古都』を書く前からいよいよはなはだしい濫用《らんよう》となって、かねがねその害毒をのがれたかった私は、『古都』が終ったのを機会に、ある日、眠り薬をぴたりとやめると、たちまち激しい禁断症状を起して、東大病院に運ばれた」とある。そのまま十日ほど意識不明となった。

執筆期間のことも覚えておらず、眠り薬に酔って、うつつないありさまで書いた『古都』を「私の異常な所産」と告白している。その前年の傑作『眠れる美女』（六十一歳）も、二年後の『片腕』も睡眠薬を服用して書いた。

秀子《ひでこ》夫人は、川端は「金銭には無頓着《むとんちゃく》でむしろ蔑視《べっし》していた」（『川端康成とともに』）と証言している。川端の特技は「百貨店見物」で、高いものでも安いものでも、気にいるとごっそりと買いこんで人にあげた。車があったら便利だと思いこむとベンツを買い、衝動買いの一例が逗子《ずし》マリーナ・マンションであった。仕事場として買ったのだが、月賦《げっぷ》買いだったため、秀子夫人は「主人の亡《な》くなった後は巨額の借金が残ることになりました」と証言している。

この逗子マリーナ・マンションが、享年《きょうねん》七十二歳でガス自殺する部屋になろうとは、買ったときには夢にも思わなかったろう。

川端は、逗子マリーナ・マンションの自室で、ウィスキーと睡眠薬を飲み、ガス管をくわえて自殺した。自殺する二年前の十一月に三島由紀夫が割腹自決し、その葬儀委員長をつとめた。

200グラムとボリュームたっぷりの「特選和牛のハンバーグ」

三島の死が、川端が死にいそぐ引き金になった。三島は、孤児にひとしい生いたちの川端が「その感受性のためにつまずかず傷つかずに成長するとは、ほとんど信じられない奇蹟《きせき》である」と書いている。

川端が睡眠薬を用いたのは戦争中からで、そのことは『日記』に出てくる。若き三島を連れて「キャンドル」へ通ったころの川端は、すでに睡眠薬漬けであった。それでも、三島や女優を同伴して、「キャンドル」でチキンバスケットを食べる日々は、気力充実した川端の絶頂期であった。ひとかけのフライドチキンのなかに、「黄金の空漠」が封じ込められている。

川端康成（かわばた・やすなり　1899〜1972）大阪生まれ。東京帝国大学文学部国文科卒。十代より作家を志し、横光利一らと「文芸時代」を創刊、新感覚派運動の旗手となる。大正15年の『伊豆の踊子』や昭和12年の『雪国』などで人気作家となる。同36年文化勲章受章。同43年ノーベル文学賞受賞。そのガス自殺は世間に衝撃を与えた。

坂口安吾と「染太郎」

……私がこの車にのるときは、銀座から、新宿、上野、浅草へと
駈《か》けまわる運命にあるようである。
今度もそうであった。
浅草の染太郎へたどりつく。
（「ストリップ罵倒」『安吾巷談』）

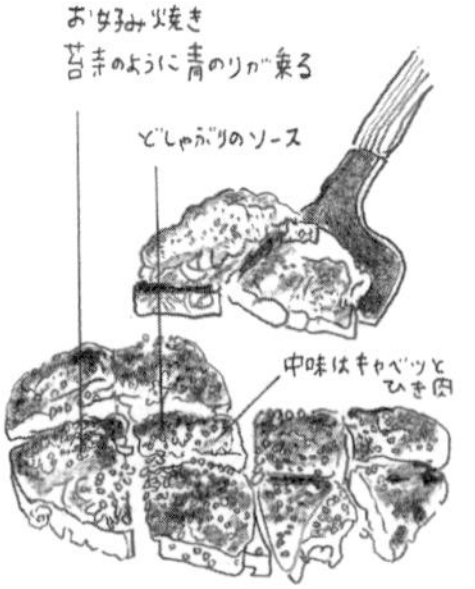

染太郎
東京都台東区西浅草 2-2-2
03-3844-9502

『風博士』や『海の霧』を書いて文壇に注目された坂口安吾は蒲田《かまた》、京都、大森、本郷菊富士ホテル、小田原など各地を転々として、作品を発表しつづけた。三十七歳（昭和十八年）のとき、生母アサの一周忌で新潟に帰省し、十月に短編集『真珠』を刊行したが、内容が軍国主義の国策にあわぬとの理由で再版を禁じられた。うつうつとした気分で、この年の大みそかは浅草のお好み焼き屋「染太郎」で飲みあかした。戦争のまっさいちゅうである。年があけた元旦《がんたん》、淀橋《よどばし》太郎（浅草出身の軽演劇脚本家）に会い、国際劇場へ少女歌劇を見に行った。へべれけに酔っ払ったあげく楽屋で演説した。

徴用を逃れるため、安吾は日本映画社の嘱託となっており、いくつかの脚本を書いたが映画化は実現しなかった。この年、兄献吉が新潟日報社社長に就任していた。安吾が書く原稿のいくつかは、発禁される怖《おそ》れから、掲載されないようになった。

四十四歳のときに書いた『安吾巷談《こうだん》』（昭和二十五年）に「浅草の染太郎」が出てくる。

「——この店の名が染太郎、オコノミ焼の屋号であるが、元をたずねれば漫才屋さんのお名前。種をあかせば、納得されるであろう。浅草人種は千日前や道頓堀《どうとんぼり》と往復ヒンパンの人種でもある」（「ストリップ罵倒」）

この日、安吾は染太郎で、ヘソ・レビュウ（ストリップ）の発案者淀橋太郎と会い、ストリップ小屋のショーを見にいった。ちょうど隣りの部屋で浅草小劇場の社長がヒルネしていたので案内させた。

浅草の染太郎は「芸人やゴロッキや文士」の溜《たま》り場で、高見順も「風流お好み焼き」と評して出入りしていた。染太郎は浅草という盛り場の文化発信基地であった。染太郎を手なずけた安吾は事務所がわりに使っていた。「元をたずねれば漫才屋さん」とあるのは、この店の元主人が、「染太郎」という芸名で時事漫談をしていたからだ。流しで清元を歌い、「染太郎・染次郎」のコンビを組んでいた。その染太郎さんが戦争に行き、残された美しき妻（崎本はる）が店をはじめた。昭和十二年の開業である。

安吾が覚醒剤《かくせいざい》のヒロポンを常用しはじめたのは四十歳のころからでこの年に『堕落論』を書いた。それから四十八歳で没するまで、大量の作品を書きつづけた。睡眠薬アドルムの常用によって幻聴と幻覚がおこり、東大病院に入院したのが四十二歳。

安吾にとってヒロポンとアドルムは、快楽や安逸とはまるで無縁であって、合理的薬剤であった。深夜に原稿を書きはじめると四日間ぐらいぶっつづけで、眠らない。そのため覚醒剤が必要だった。仕事が終って眠ろうとしても、なかなか眠れないので

四切れのもちで四角を作って
中にひき肉などを入れて焼く
「しゅうまい天」

睡眠薬を飲んだ。アドルム中毒がすすむと、日に六回食事をするようになった。巨体をもてあます健啖家《けんたんか》である。

新潟という魚のうまい土地で育ち、父は衆議院議員で、生家は敷地の広さが五百二十坪という豪邸だった。邸宅は九十坪以上ある寺のような建物で、松の巨木に囲まれていた。家に反抗して飛び出したけれども、贅沢《ぜいたく》に育った食体験は消えない。

安吾は無頼ではあったが、人一倍の勤勉家で、自分を追いつめるように書きつづけた。ワーカホリックである。人情家で気前がいい。

戦後の染太郎は、まさしく安吾好みの店になった。安吾は友人に豪勢な食事をふるまうが、気取った料亭が大嫌いだ。料理も酒も上等だからさぞかし高いだろう、と思ったところ、じつは安かった、という店に安吾は狂喜する。

「料亭などというものは、大切なのは気質《かたぎ》の問題で、やっぱり職人は芸とカタギの世界、良心が大切なこと我々の場合と同じことだろう」というのが安吾流である。

四十六歳（昭和二十八年）、安吾は旅さきの松本市で、アドルムとウィスキーを飲んで暴れまくり、留置場にほうりこまれた。留置場から出た八月六日、長男の綱男さんが生まれた。

ということを思い出しつつ、カンカン照りの暑い盛りに坂口綱男さん（写真家）と染太郎へ行くことにした。ビルとビルとのあいだにはさまれたトタン張りのしもた屋で、竹垣の奥に、ハランを植え、ブドウの葉が繁《しげ》っている。左側には夏みかんの樹《き》。「氷」と書いたのれんがぶら下っている。ブリキの黒壁に屋号の「染」の字が白く浮かび、木の灯籠《とうろう》には、赤く、「お好み焼　染太郎」と描かれている。新派劇の舞台みたい。

玄関の三和土《たたき》に水が打ってある。冷房はなく扇風機がブルンブルンと廻っている。鉄板が黒光りしている。鉄板の上に坂口安吾の古ぼけた色紙が飾られていた。

テッパンに手を
つきてヤケドせ
ざりき男もあり
昭和二九年十一月四日　安吾

その横に「信貴山《しぎさん》美人（女主人はるさんのこと）染太郎さまえ」とある。没する三カ月前である。

この日、安吾は酔っ払って、熱い鉄板の上に手をついてしまった。それでもヤケドしなかった、というから手の皮が厚い。

品書きを見ると、もろきゅう、梅きゅう、笹《ささ》かま、冷や奴《やっこ》がいずれも三八〇円。イカゲソ焼が四八〇円か。値が高いのはエビ焼七三〇円である。なるほどこの浅草値段が安吾を喜ばせたわけだ。安吾にあっては、値も味のうちである。

三原焼を注文した。鉄板にジュッとメリケン粉の生地が広がり、ウスターソースのこげる匂《にお》いが鼻をくすぐる。ソースがツーンと鼻にぬけた。

青のりをはらりと振りかけて、はい、出来あがり。江戸っ子はマヨネーズを使わない。カリッとした情のある味である。

生地にはキャベツ、アゲ玉、タマネギ、合びき肉、紅ショウガ、といろいろ入っている。

あと、五目焼そば（六三〇円）やしゅうまい天（六三〇円）を食べてみたが、混沌《こんとん》の味がする。大阪のお好み焼きが、流れ流れて浅草にやってきて、芸人や文士好みの粋《いき》な味になった。

けれど食いしん坊で料理通の安吾が、日がな一日お好み焼きで酒を飲むというわけではないだろう。と訊《き》くと、綱男氏が「じつは鮭《さけ》一匹だの野菜だのを持ちこんで、この鉄板で焼いたんですよ」という。なるほど、おめあては鉄板であったのだ。いかにも安吾流で、『堕落論』でいう「必要」の精神は、この鉄板にも生きている。

毎年二月十七日に行われる安吾忌の会合は何度か、この店で行った。ややあって主

キャベツやひき肉に加えて焼きそばが入る「お染焼」

人の崎本仁彦《よしひこ》氏があらわれた。安吾が足しげく通っていたころ、仁彦さんは中学生だった。二階に泊って執筆中だった安吾は、深夜、仁彦さんに「原稿用紙を買ってこい」と命じたという。仁彦さんは「はぶりのいい小説家」とは知っていたが、「無頼派の親分」とはまだ気がつかなかった。大学に入ってから、坂口安吾だと知り「作文はどう書いたらいいんでしょうか」と訊いた。安吾は「書きなおさないことがコツ」と教えた、という。

仁彦さんは、シミキン（清水金一）、モリシン（森川信）、八波《はっぱ》むと志、由利徹《とおる》ら浅草芸人の思い出を楽しそうに語る。気どらず、安く、純情な味がこの店の持ち味である。冷房はないが、浅草の路地風が店のなかを吹きぬけていく。

ガタピシときしむ古いしもた屋の廊下には、昭和の時間が止っている。外国人客がちらほらといるのは、外国人向けガイドブックに紹介されているためだろう。安吾やシミキンを知らない外国人でも、昭和の気配をこの店に感じている。

「安吾先生はトーストの上にブリの照り焼き乗せて食べておられましたなあ。ウィスキーはサントリーの角」

と仁彦さんが遠くを見る目になった。パンをかりかりに焼いてバターを塗り、魚肉、タラコ、イクラ、味噌《みそ》漬けの魚をはさんで食べるのをよろしいとした。安吾がヒロポンとアドルムに走ったのは、時代の不安という背景がある。友人の太宰治《だざいおさむ》は心中し、弟分の田中英光《ひでみつ》は自殺した。みんな荒れていた。『堕落論』が評判となり、時代に殉死した安吾の心も荒れていた。

しかし、安吾の舌には、濃縮された合理性がある。求道《ぐどう》派の純情な味がする。鉄板の上にジャーンと鳴り響くお好み焼きの音を聞くだけで物語が始まる。

安吾が檀一雄《だんかずお》宅へ寄宿していたとき、ライスカレー百人前を注文する事件があった。安吾は税金滞納や競輪事件で被害妄想にかかっていた。檀宅で睡眠薬を飲んだ安吾はライスカレーの出前を百人分注文し、ライスカレーがあとからあとから運ばれてきて、縁側にずらりと並んだ。

あれは、途中で止められなかったんですかねえ、と綱男さんに訊くと、「お店のカレーライス用の皿が足りなくて、百人分は来なかったそうですよ」という。そうであったか。安吾にはそういった豪快なエピソードがつきまとう。

安吾は、昭和三十年二月十七日、桐生《きりゅう》の自宅で脳出血を起して、四十八歳で没した。その前々日は染太郎に泊っていた。

中央公論「安吾新日本風土記《ふどき》」の取材に出かけて、東京に戻ってから染太郎に立ち寄って飲んでいるうちに、桐生行きの電車がなくなった。染太郎に泊って、桐生へ帰

ソースの香りが立ち上る「五目やきそば」

り、三千代夫人にサンゴのおみやげを渡して、綱男さんの寝顔を見てから眠り、翌々朝七時五十五分に永眠した。二日ずれれば染太郎で没していたところだったが、すべりこみセーフで、家族のもとで永眠した。

『堕落論』で、安吾は「人間を見よ」と主張している。そして、旅の終りに、家族へ「私を見よ」といって死んでいった。安吾を知りたければ「染太郎」を見よ。

坂口安吾（さかぐち・あんご　1906〜1955）
新潟市生まれ。昭和6年『風博士』で注目される。同21年発表の『堕落論』で無頼派を代表する流行作家となる。『信長』などの歴史小説、『不連続殺人事件』などの探偵小説、エッセイや評論と多彩な活躍を見せたが、睡眠薬やアルコールの大量摂取で健康を害し、脳出血で急死した。

檀一雄と「山珍居《さんちんきょ》」

まったく、豚の足を喰わせる店なら、たいていどこへでも行く。たとえば台湾居酒屋の渋谷の「麗郷」とか、十二社《じゅうにそう》の「山珍居」だとか、ああいう店で、豚の足をつつきながら飲んでいるほど、愉快なことはない。

（『わが百味真髄』）

山珍居
東京都新宿区西新宿 4-4-16
03-3376-0541

山珍居とは山海の珍味を出す居（建物）という意味で、素材もさることながらそれを調理する腕が抜群である。

黄善徹《こうぜんてつ》氏（通称てっちゃん）が店をきり盛りしている。

檀一雄が、はじめて山珍居にやってきたとき、てっちゃんは、「はて、なにをやっている人だろうか」と首をひねった。

ひとりで店にやってきて、豚モツ炒《いた》めをモクモクと食べ、味を確かめている。料理人とは思えないし、料理店経営者といった気配もない。

おとなしい客だが、料理の食べ方を見ると、タダモノデハナイ、ことはわかった。

豚足が好きで、ビーフン炒めを定番で注文した。何度か来るうちにうちとけて、「香辛粉はなにを使ってるの」だの「醬油《しょうゆ》はどこのメーカーかね」だのと訊《き》いてきた。つくり方の急所をついた質問だから、てっちゃんはびびって、「食品メーカーの調査官」か「流浪《るろう》する大富豪」かと予測したが、それでも、なにをする人かわからなかった。

酒の講釈をする客はいるけれども、五香やカキ油などの調味料を見破られて、びっくりした。あるとき、台湾帰りの知人が山珍居にマコモを持ってきたので、炒めて出すと、ただちに、「これは沼に茂生するチマキ草の一種で、茎の根元に菌が寄生してタケノコのようにふくらむのだ」と教えられた。

マコモは、当時は日本では売られていなかった。「アヤメみたいな草で二メートルぐらい伸びるんだ。日本でも自生しているが、台湾産がうまい。葉はチマキを巻くのに使われている」と詳しく説明された。

そうこうするうち、檀一雄という小説家であり、料理作りの達人であることがわかった。店と親しくなると、御子息の檀太郎氏や、若き聡明《そうめい》な編集者（じつは私）を連れてきて、雑誌に店の料理を紹介した。

肉粽《バーツァン》（肉ちまき）は『檀流クッキング』（中公文庫）に、「具入り肉チマキ」として出てくる。作り方は山珍居とほぼ同じである。

まず、モチ米一升（二十個ぶん）、豚バラ四〇〇グラム、鶏《とり》モツ四〇〇グラム、シイタケ、ショウガなどを用意する。淡口《うすくち》醬油と酒で下味をつけた具をモチ米とあわせ、竹皮で三角形に包みこんで蒸す。檀流は、具にギンナンやユリ根を入れ、さらにサフランをひとつまみ入れる。

豚足煮は、豚足を五時間ゆでて、紹興酒《しょうこうしゅ》と醬油で煮込んでいく。脂肪分は浮いてアクとなってしまうため、コラーゲンだけが残る。小骨が口のなかでコロコロとほぐれて、自分の歯がぬけた気分になるところに妙がある。

「猪脚（豚足煮）」

てっちゃんが、「オヤジが作るときは紹興酒を半分ぐらい入れちゃうから原価計算無視なんだ」とぼやく一品だ。

　これが檀流になるともっと乱暴で、

「豚足の毛は剃刀《かみそり》で剃《そ》りおとし、残った毛は焼き、塩と酢でよく揉《も》み洗う。それでも気がすまぬ人は洗剤で洗い、オカラを使って揉んでから下煮してゆでこぼす」

のである。『檀流クッキング』はロングセラーとなり、主婦の料理手ほどき本となったが、はたして昭和四十五年の主婦が、ここまでやれたかどうか。本の巻頭で「私が料理などというものをやらなくてはならないハメに立ち至ったのは、私が九歳の時に、母が家出をしてしまったから」と説明している。

　母が突然出奔して、まだ小学校にも入らぬ妹が三人いたため、「私」が買い出し、料理をするしかなかった。父親は田舎地主の息子で、自分で魚や野菜の買出しなど出来るわけがなく、しばらくは仕出屋の弁当をとっていたが、小さい妹たちは半分餓《う》えるようなものだった。それで、メシもおかずも七輪かカマドで煮たきした。ワラビ、ユリの根、キノコ、山の芋など、山中を歩いておいしい食べ物の原料が地に満ちていることを知った。毒草と知らずにうまそうな草を調理して吐いたこともある。それをつづけるうち、料理の楽しさを覚え、放浪さきでも作るようになった、という。

檀一雄にあっては、母の不在が味覚を作った。母の不在は料理に関しては自己を確立させたけれども、そのいっぽうで、月並みな市民生活への嫌悪《けんお》も強めさせる。「天然の旅情」に誘われて浪漫的放浪をくりかえし、平穏な家庭生活は崩れた。

ここでは「子の味覚は母が作る」という俗説は通用しない。『わが百味真髄』には「私の放浪癖は、私の、自分で喰べるものは自分でつくる流儀の生活をいっそう助長したし、また反対に、私の、自分で喰べるものは自分でつくる流儀の生活が、私の放浪癖を尚更《なおさら》に助長した」とある。

生い立ちを書いた作品集『母の手』に、「母についての最初の思い出というのは何であろう」という一節がある。ある時の母は井戸端にしゃがみこんで、愛の歌をひそかに紙片に書きしるしていた。幼い「私」が夜半目をさますと、裸の母の上に父が馬乗りになって短刀をかざしていたことがあった。その母は若い愛人をつくり「カンナンナンジヲタマニス」と書いたノートを残して「私」から去って行く。

檀一雄は「幼少から母を自分の部外者とみなしていた」。自分の意識のなかで母を捨て、その結果、料理の腕をあげ、肉親を客観化する視点を獲得した。

檀が太宰治《だざいおさむ》と親しくなったのは、二十一歳（昭和八年）で、ともに東京帝国大学に在学中であった。その翌年、古谷《ふるや》綱武《つなたけ》らと同人誌を創刊するのだが、その資金は母トミに出して貰《もら》った。

作品集では「悪者」扱いされている母との仲は、そのじつ修復されていた。のみならず母トミは小説のネタを提供した。同人誌を通じて坂口安吾とも親しくなり、遊蕩《ゆうとう》、飲酒の快楽を追ったのが二十一歳である。

三十九歳で、直木賞を受賞して、人気作家となり、生活が安定した。

そこまでの檀一雄は、小説『リツ子・その愛』『リツ子・その死』のほか、太宰治や坂口安吾と無頼の日々を過ごす作家としての印象が強かった。無頼作家と料理愛好家の側面が世間的にはむすびつかないところがあったが、「母は部外者」というアリバイから考えれば、当然の帰結なのである。

檀一雄は豪放な人であった。

気前がよく、友人を大切にし、見事なほど他人を悪くいわない。檀一雄に接する人は、みな、その人柄にひかれた。九州男児特有の豪快さのなかに、流れ星のような孤独を秘めている人であったが、それは快男児の味つけのようなものだ。

「放埒《ほうらつ》な生活」は、親からさずかった強靭《きょうじん》すぎる体軀《たいく》をもてあましながら、空漠の時空を生きる行為であった。無鉄砲に生きる自己を操作するもうひとつの意志がある。そうこうするうち、平穏な生活と衝突して、事件をおこす。愛人をつくって家をとび

豚肉や海老、卵や椎茸の入った肉ちまき「肉粽（バーツァン）」

出し、家を火宅とする小説『火宅の人』は死去する前年の昭和五十年（六十三歳）に刊行された。

ヒロポンとアドルムを常用した坂口安吾はすでに没し、太宰治は情死した。新劇女優と同棲《どうせい》して家を火宅にしても、家族のことは忘れない。安吾や太宰には檀一雄がいたが、檀一雄には檀一雄がいなかった。してみると檀一雄にとって、檀一雄的存在は料理ではなかったか。果てしなき料理欲は自己救済につながる。

「母不在で、しかたなく料理をつくる」ことにはじまり、後半生は、「料理が持っている不思議な魔力」にとりこまれた。坂口安吾は「檀君が料理をやらかすのは、あれで発狂を防いでいるようなもんだから、せいぜい御馳走《ごちそう》をつくって人を喜ばせるんだね」と喝破した。

料理は人を慰安する。

肉や魚を煮込み、蒸し、焼いたりする混沌《こんとん》の時間は、狂気をおさえつけ、ひたすら内部に沈静させる力がある。肉がコトコトと煮える音、鍋《なべ》からたちあがる香り、舌の迷宮にひきずりこむ香辛料のかずかず、それらが一体となって皿に盛られる官能は、無頼の欲望をしずめる手段である。

気取った高級料理には興味がない。山珍居が作る豚の腸炒めや、豚足、肉ちまきを好んだのはそのためである。

ロシア、中国、台湾、ポルトガルの魚市場にある煮込み料理が好きな味であった。イカのスペイン風、レバニラ炒め、オックステールシチュー、タンハツ鍋、大正コロッケ、カレーライス、サバの煮つけ、キンピラゴボウ、ボルシチ、クラムチャウダーといった庶民料理のなかに、生きる力を見ている。アンコウ鍋、麻婆豆腐《マーボーどうふ》、チャンポン、パエリヤ、ブイヤベース、牛タンの塩漬け。

檀一雄の手ほどきをうけた私は、『檀流クッキング』に出てくる料理を食べつくし、料理法も会得《えとく》したのであるが、御子息檀太郎氏が檀流クッキングをさらに進化させておられるから、いまは太郎さんクッキングを食べさせて貰《もら》っている。

ひとつ思い出した。

檀一雄がポルトガルから帰国した、昭和四十七年の記憶である。編集していた雑誌で水上勉《みずかみつとむ》氏との対談を企画した。対談場所を、うっかり銀座の高級料亭Kにしてしまった。ひさしぶりに帰国したから和食がいいだろうと判断ミスをした。

檀一雄は、対談中、料理にひとつも手をつけなかった。料亭Kは超有名店だから、檀氏のかたくなさにヒヤリとした。町の定食屋では、残した五目飯まで包んで持ち帰るのに、高級料亭Kの料理を意図的に残し、その意志は感情的なほど強固なものだっ

台湾人の大好物で、檀も好んだ「マコモ炒め」

た。

対談終了後に、檀氏と私は新宿山珍居へ向かい、豚足と焼きビーフンと肉ちまきを食べた。

檀一雄（だん・かずお　1912～1976）
山梨県生まれ。太宰治・坂口安吾らと交流があり、「最後の無頼派作家」といわれる反面、『檀流クッキング』などの料理エッセイでも知られる。昭和26年『長恨歌』などで直木賞を、同51年遺作となった『火宅の人』で読売文学賞を受賞。

吉田健一と「ランチョン」

かういふビヤホオルのやうな所がいいのは
結局はそこで誰も誰の邪魔にもならないで
ゆつくりしてゐられるといふことにあるかも知れない。
（「飲む場所」『私の食物誌』）

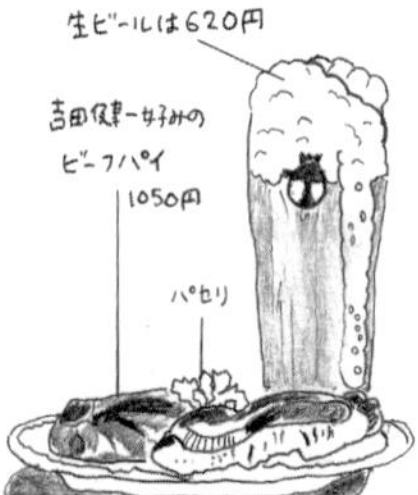

ランチョン
東京都千代田区神田神保町 1-6
03-3233-0866

神田神保町《じんぼうちょう》の古書店街にあるランチョンは吉田健一が応接間がわりに使っていたビヤホールである。

昭和三十八年、五十一歳の吉田健一は、中央大学文学部の専任教授となり、毎週木曜日の午前十一時半にランチョンにやってきた。

ランチョンへは編集者や友人が集ってきて、ビールを飲みながら、打ちあわせをしたり、原稿の受け渡しをした。原稿料は現金で受けとった。その金でオードブルやビーフシチューを肴《さかな》にしてビールを四、五杯飲んだ。

ランチョンという名は英語のLuncheon（しゃれた昼食）に由来する。明治四十二年に開業した洋食の草分け的な店で、開店当時は屋号はなく、ただ「洋食屋」で通っていた。吉田健一は二代目店主、鈴木信三と気があい「信三さんがつぐビールじゃないとうまくない」といっていた。イギリス（ケンブリッジ大学）で学生時代を過ごした経験から、パブで食べる手づかみの料理を注文し、三代目がビーフシチューをパイで包んだビーフパイを発案して、これは、いまなおランチョンの名物料理になっている。

ビールを飲んだあと、絹のハンカチをヒラヒラふって、甲高い声で「ゴシュジーン」と叫び、「リプトーン」と注文した。カウンターの奥にいる主人が、沸騰《ふっとう》したリプトンティーとサントリーオールドのボトルを盆に乗せて持ってくると、紅茶にウィスキーダブルを入れた。ほろ酔いになってから、外へ出て「オオイ、タァキシー」と声をあげてタクシーを止め、大学へむかった。中央大学での講義は「近代英文学」であった。

酔ったうえでの講義であったが、授業が休講になることはなかったという。のみならず、酒神の作用によって話に艶《つや》が出てなめらかになり、博学多識にして軽妙洒脱《しゃだつ》、変幻自在であった。

中央大学だけでなく、私が在籍していた国学院大学でも「文学概論」を教えていて、週に一度の授業を楽しみにしていた。教室の一番前に坐《すわ》った私は「シェリーのティオペペ」の匂《にお》いを嗅《か》ぎながら、吉田健一節を聞いた。

話は、近代以前の国文学に関するもので、藤村や花袋《かたい》の自然主義文学をコテンパンにけなしていた。輸入された近代文学は未熟で、日本の伝統的文学こそが世界に誇るものである、という内容だったと思うが、酒の話以外はほとんど覚えていない。

ひとつだけ記憶にあるのは、「自分は文士ではあるが作家ではない」という論だった。文士とは「文筆を以《もっ》て生業《なりわい》とする士《さむらい》」のことである。英文学者、文芸評論家、小説家の三つの面を持っていた吉田健一は、まぎれもなく文士であった。いでたちは、

ビールがすすむ
「イタリアンサラダ」

中折帽のツバを全部下にさげ、それを少々深めにかぶっていた。イギリス仕込みのダンディな紳士が、酔払って教壇に立ち、古今東西の名詩をよどみなく語った。

吉田健一のエッセイや小説に親しんだのは、その後のことであるが、句読点の多い、長い文章は、酒を飲んで講義をするときの息とそっくりである。

大岡昇平の回想によると、「昭和六年ケンブリッヂから帰って来た頃の後、飲めない酒をむりに飲んで文学談をしたかった彼、……（中略）……外国で育ったため、昭和二十三年の『批評』の会の頃にも、『人妻』をジンサイというくらい日本語にうとかった彼であるが、二十四年に『英国の文学』を出した時以来、私は彼を尊敬しているのである」（「『英国の文学』と『酒宴』」）。

吉田茂・健一父子がホテルのロビイにいるそばを通りかかったところ、親子は英語でしゃべりあっていた、という話がある。

父の吉田茂が没したとき、安心して頼めるトラックを一台借りたいが心当りはないか、と鈴木信三に訊《き》いてきた。「おやじのところ（大磯《おおいそ》）に世界の銘酒が蔵いっぱいある。書画でも道具でも、みんな他のものにやる。好きにするがいい。ただ、酒だけは自分が貰《もら》うのだ」と。そういって、大磯の吉田茂邸からトラック一台ぶんの酒を運んだ。

吉田茂没後、後継者として政治家になるように強く求められたが、かたくなに断ったのは、文士としての矜持《きょうじ》であったろう。

昭和五十年四月、ランチョンが火事になった。隣が火元であった。棟つづきでランチョンの二階に火が燃え移ったとき、吉田健一は一階でビールを飲んでいた。いまのランチョンは二階だが、そのころは一階にあった。

二階が炎に包まれているとき、吉田健一は例によって「ゴシュジーン、ビール」と注文した。主人が「先生、火事ですよ」と声をあげると「そうかい、どこが火事かい」と訊いた。「ここですよ、うちの二階が燃えているんです。早く逃げて下さい」。すると、帽子と包みを手にとって「それじゃ、お勘定しておくれ」といったという。

そのときの話を吉田健一は「昼間の火事」と題して書いている。

「先日行き付けの神田のビヤホオルで飲んでゐる時にそこが火事になつた。大概は昼間行く店でその火事も昼間のことだつたから目抜きの通りにある店でもあつて結構人を集めたやうだつた。どこの何といふ店と書くことはない。この頃はどういふ風の吹き廻しなのか活字になつたことが無差別に鵜《う》呑《の》みにされるのを通り越して馬鹿《ばか》の一つ覚え式に、或《あるい》は固定観念も同様の形で真に受けられて昼間に火事があつたビヤホオルといふことが印刷されただけでそこが一度は行つて見なければならない名所になる。

……」

店の名前を出せば、興味本位でくる客がいるから、あえて名を出さない。そのうち消防車が来る。天井から消防車のポンプの水が落ちてくる。この建物は明治四十二年に出来たもので、京都の龍安寺《りょうあんじ》ほどは古くはないが、新宿あたりの店より新らしくはない。と、いろいろ感想があり、

「この店の生ビイルは旨《うま》い」

と断言し、ビール談義となり、「かういふ自分の家にゐるやうな感じがする店、或は一体に他所《よそ》の場所といふものはさう沢山ない」とある。

つづいて古本屋街の話へ飛び、観光バス嫌いの話へ転じ、外国の飲み屋、田舎者、明治維新、公立学校、鮨屋《すし》、ベルクソン、ときてから、

「……君子の交りが水のやうなものでなければならないのならば友達との付き合ひは生ビイルの泡に似るべきだとも言へる。併《しか》しその火事になつた店に行かなくなつてからその店で出す程の生ビイルを飲んだことがないのは確かであるといふ気がする」

まだるっこしく、もってまわった文章で、国語の試験問題でこの文章を出し、「筆者がいおうとしていることを二百字でまとめろ」と問われても答えは出ない。そこが吉田健一の味であって、まとめることが不可能な思考の回路と、行きつ戻りつの展開

ボリュームたっぷりの「カツサンド」

の迷路にはまる。吉田健一の酩酊《めいてい》は西欧文学と日本文学の蘊蓄《うんちく》を酵母として発酵する。文学の有用性を必要以上に強調しない。そこに、かつて「鉢の木会」で文学的同志だった三島由紀夫との決別の因がある。声を荒だてて何かを訴えようとはしない。吉田健一が本領を発揮するのは、何者であるかわからぬ自己を内観しようとするまなざしである。

文学を志しながらも「文学がなくても誰も困りはしない」という漠然とした認識。そこから文学を見直そうとした。

昭和四十四年、中央大学を辞めてからも吉田健一はランチョンに通いつづけた。「こつちは殆《ほとん》ど何もしないで向うが一切を引き受けてくれるのは、この広い世の中で酒だけである」（「バア」）

「何でもいいから書いてくれと言はれると、決つて食べもののことが書きたくなるのは不思議である。それでゐて、食べもののことに就《つい》て何か書けと言つて寄越《よこ》されると、馬鹿馬鹿しいと思ふ気持も手伝つて胸も腹も一杯になり、さういふ訳で食べものに就ての原稿は、ここの所もうどの位になるか解《わか》らないが、断り続けてゐる。併し初めに戻つて、何でもいいからといふ場合は、食べもののことが書きたくなる」（「二日酔ひ」）

果てしない自問のくりかえしである。

ランチョンでの吉田健一の席はきまっていた。靖国《やすくに》通りに面した表から入って、一番右の壁ぎわ、奥から二つ目の四人席角卓で、入口に背を向けて腰かけた。先客があるときは他の席で待った。ボーイがおしぼりを運んでくると、ていねいに両手を拭《ふ》き、それからトイレに行き、戻ってきてから生ビールを飲んだ。昭和五十二年に六十五歳で没するとき、「今日はランチョンに行く日だ」とつぶやいたという。

現在のランチョンは、四代目の鈴木寛氏が、先代のビールのつぎ方を律義《りちぎ》にひきついでいる。私は、神田古書店へ行ったときは、入手した古本を持ってランチョンで六二〇円の生ビールを飲む。そして買ったばかりの古本にざっと目を通す。古本買いは、たいてい坂崎重盛《しげもり》と一緒で、互いに買った本を自慢しあう。坂崎氏はビーフパイ（一〇五〇円）、私はロースハム（一二五〇円）とグリルチキン（一二五〇円）。つづいて黒生ビールを飲んで、調子があがるとウィスキー。ティオペペやシュタインヘイガーもある。ランチョンは値が手ごろで、どの料理も上等である。

二階の窓からは、靖国通りの並木と古書店街が見え、古本を買ってランチョンに腰をおろすときは、この上なく至福のひとときで、ゆったりと時間が流れていくのだが、吉田健一式にいえば、ランチョンという店名を出せば、興味本位の客がやってきて、

香ばしい「グリルチキン」

昔からの常連客が迷惑という次第で、野暮な田舎者のおせっかいと恥じいりつつも、いや、ランチョンは神田古書店街のビヤホールとして幾多の文人が通ってきた店であるから、いまさら名を秘すこともあるまいと思案し、ついこちらも吉田健一的なゆらゆらした時間に身をあずけてしまうことになる。

吉田健一（よしだ・けんいち　1912〜1977）
東京生まれ。元首相・吉田茂の長男。戦前、外交官だった父に従って、幼時を中国やヨーロッパで過ごす。ケンブリッジ大学を中退して帰国、翻訳を始める。昭和14年「批評」を創刊。以後、文芸批評から随筆、小説と幅広く活躍した。同45年『ヨオロッパの世紀末』で野間文芸賞、『瓦礫《がれき》の中』で読売文学賞を受賞。

水上勉と「萬春《まんはる》」

風が吹いてくる。時計はみないが、たぶん一時すぎだろう。千本へ出て車をひろうつもりだが、途中でよってみたいバアがあった。

もしそこがあいていたら入ってみよう。萬春という。変なバアで、カウンターのうしろが広い三和土《たたき》になっていて、あけっぴろげな感じがとてもいい。

（「京都上七軒」『京都遍歴』）

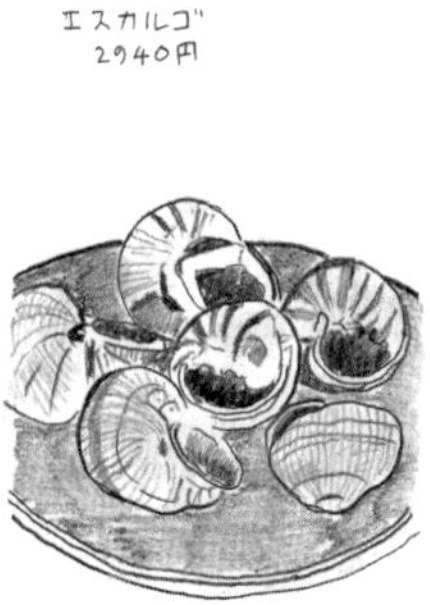

萬春
京都府京都市上京区北野上七軒真盛町 712
075-463-8598

軽井沢南ヶ丘にあった水上勉の山荘で、お手製のリンゴレタスサラダを食べたことがある。リンゴとレタスを細かく切りきざんで、ゆでてつぶしたじゃがいも入りマヨネーズであえ、レタスの葉にのせて皿に盛りつけてあった。じゃがいもをすり鉢ですりつぶしてマヨネーズとあえるのが水上流だ。

これは京都上七軒《かみしちけん》にある「萬春」のマネやから、萬春のにはかなわんわ、と水上勉は言っていた。晩年の水上勉は京都にあった仕事場から車椅子《くるまいす》に乗って、「萬春」のリンゴ・セロリーサラダを食べにきていた。

上七軒は京都でもっとも古い花街で、祇園《ぎおん》、先斗町《ぽんとちょう》とくらべると地味だが、古風で気取らぬ茶屋やバーがある。「萬春」のリンゴ・セロリーサラダは、薄くスライスしたリンゴとセロリを自家製のマヨネーズであえたもので、水上式サラダに比べると花街の色気がある。水上流のサラダは、胡瓜《きゅうり》や大根やニンジンが入るときもあって、ありあわせの素材を使った禅味あふれるものだった。

五十三歳のとき、水上勉は軽井沢に山荘を作り、仕事場としていた。自分で料理を作りはじめたのはその三年後あたりからと記憶している。敷地の一隅に野菜畑をこしらえて大根や菜っぱを育て、近くの山野で採った山菜を使った精進料理を作った。

福井県本郷村で宮大工の子として生まれ、九歳のとき、京都の相国寺塔頭瑞春院《しょうこくじたっちゅうずいしゅんいん》へ小僧として出された。朝五時に起床して、掃除、食事の用意をして、赤ちゃんのおむつ洗いをしてから登校し、学校から帰ると赤ちゃんを背中におんぶして、庭の草取りをした。

十二歳で得度《とくど》して、僧名を集英《しゅうえい》とし、禅門立般若林《はんにゃりん》（紫野中学《むらさきの》）に通った。集英という僧名を与えられたのは、英知にすぐれた少年だったためだろうが、寺での生活は耐えがたく一年後に瑞春院を脱走してしまった。寺の和尚《おしょう》が、中学の制服を買ってくれず、小学校時代の半ズボンで登校するのが耐えられなかった。パンツにランニング姿で逃亡した。

警察に補導され、玉龍庵《ぎょくりゅうあん》という塔頭に預けられ、その三カ月後、衣笠山《きぬがさやま》にある等持院《とうじいん》に移った。僧名は承弁《しょうべん》と改めた。十三歳の小僧が、集英から承弁と改名させられたのは、脱走した罰という意味あいが感じられる。漢字で書けば承弁だが、つまるところ「小便小僧」である。

十六歳から十八歳までは、等持院で、東福寺管長だった尾関本孝《ほんこう》老師の隠侍《いんじ》をつとめた。隠侍というのは老師の食事、洗濯、寺の掃除をする係で、このころに食事、つまり典座《てんぞ》をつとめた経験が、四十年後に生かされた。軽井沢での典座は、自分用の料理である。その料理のさまざまは「わが精進十二ヵ月」と副題がついた『土を喰《くら》う

京都ならではの
「京生湯葉と海の幸のテリーヌ」

日々』(新潮文庫)に収録されている。

一月はくわいを七輪で焼き、二月は蕗《ふき》の薹《とう》のあみ焼き。リンゴレタスサラダは三月の項に出てくる。四月は長靴をはいて谷川へ行って水芹《みずぜり》を採った。谷がくずれた岸ぞいには嫁菜《よめな》が生え、山へ入れば、たらの芽、アカシアの花、わらび、みょうがだけ、あけびのつる、よもぎ、こごめが手に入った。水芹やよもぎは精進揚げとし、こごめは塩ゆでして胡麻《ごま》あえとし、わらびはあくをぬいてから油揚げと一緒に煮た。

五月は若筍汁《わかたけじる》、六月は梅干、七月は茄子《なす》の煮つけと大根の一夜漬け、八月は胡麻《ごま》豆腐、九月は落葉松林《からまつ》を歩いて紫しめじを採ってしめじ飯を作った。十月は唐辛子の辛煮、十一月は庭に落ちた栗《くり》を炭火のわきの灰の中で焼いた。軽井沢の山荘のあたりは栗山とよばれていたから、栗の森に家を建てたようなものだ。山荘の庭だけで、一年で二斗五升の栗が収穫された。

十二月は無名汁。地下室に貯蔵しておいた大根、里芋、馬鈴薯《ばれいしょ》、ねぎ、ごぼう、にんじんなどを具とした汁である。

しんしんと雪の降る夜に、軽井沢の山荘で無名汁を肴《さかな》にして日本酒を飲んだ。客は私のほかは俳優の中村嘉葎雄《かつお》氏ひとりで、嘉葎雄さんは芸術座で上演した『越前竹人形』の喜助役を演じて好評だった。水上勉(編集者仲間は勉《べん》さんと呼んでいた)は書斎で執筆していた。

一升瓶をあけたところで、嘉葎雄さんが、「ヒゲを生やした男は信用できない」とからんできて喧嘩《けんか》となり、「おもてへ出ろ！」という騒ぎになった。執筆中の水上勉が飛び出してきて「いいかげんにしろ」と叱《しか》られた。四十年ちかく前のことなのに覚えているのは、雪降る庭へ裸足《はだし》で飛び出た嘉葎雄さんの立ち姿が、時代劇映画のように鮮烈で美しかったからである。

水上勉が『土を喰う日々』で作った料理は五十品ほどはあって、道元《どうげん》禅師の「典座《てんぞ》教訓《きょうくん》」や、大徳寺老師がいう「金のかからぬ精進」の話が出てくるのだが、もうひとつの重心には父覚治や母かんがいる。大工であった父覚治の胸の肉はもりもりして腕は鉄のようだった。父覚治が、山うどをむいて味噌《みそ》につけて喰うのを見て育った。木《こ》挽《び》きや大工は、山に入って草木を喰う知恵を持っていた。

「子供のぼくは、そういうものを火に焼いて喰う父を、どうかしていると思う気持がつよく、なぜか、貧乏人の子のくせに、はずかしいことのように思ったのを偽れない」

「ぼくはいま、軽井沢に家をもち、春がきて、その山菜に舌つづみを打つ身になったが、ふと、この死んだ父に、地下から、何やらいわれている気がする」（『土を喰う日々』）

生まれた若狭《わかさ》の生家は、孟宗竹《もうそうちく》にかこまれ山かげの借地にあった。持ち主の地主は吝嗇《りんしょく》な人で、竹を一本とて伐《き》ると叱られた。筍《たけのこ》がむらがり出ると、地主は背負籠《せおいかご》いっぱいに掘り出して、帰りしなに一、二本を母に手わたし、「子供らに喰わしてやれや」といって帰った。

「ぼくがこの世ではじめて喰った筍は、それだが、母もやはり、わかめか昆布をまぜて炊《た》いていたように思う。筍めしを炊いてくれる日はことさらうれしかった。わずかな貰《もら》い物なので、五人もいる子供らが、犬のように喰ってしまえば一食で終《しま》いになった」（同前）

水上文学の核は飢餓である。四男一女の次男坊で、宮大工の父は家にいない。貧しい暮らしのなかで働く母の姿を見つめながら空腹感につきまとわれ、食事はもとより精神的な飢餓を抱えこんでいた。飢える苦しみとの格闘が作品に昇華した。一休や良寛といった禅僧を書いても「その人がどうやって食っていたか」をとことん問いつめた。「どうやって食ったか」とは生計のことをさすが、つきつめれば「食う」という人間の本能である。

九歳で禅宗寺院の小僧として出されたのも、水上家の食いぶちを減らすためであった。小僧となった少年は、血縁のない和尚を父として育てられ、隠侍となり、材料の

「リンゴ・セロリーサラダ」

ない中から惣菜《そうざい》をつくった。

「精進料理」の「精進」ということばの持つ意味を「大根や菜っぱに教えられること」と大悟し、「精進しないで精進がわかるはずもない」とする。山や野で具材を採り、具材に語りかけてみて、それが精進だとわかり、慄然《りつぜん》とする。

精進料理を作りはじめてからの水上勉は、五十六歳で『一休』（谷崎賞）、五十八歳で『寺泊《てらどまり》』（川端賞）、六十四歳で『良寛』（毎日芸術賞）と、たてつづけに傑作を書いた。

京都の上七軒は、小僧をしていたころの通学路であった。

「中学時分に、ここを通りぬけて、大徳寺まで、通学路とした記憶があって、朝早い花街に、おしろいもまだ落とさぬ芸妓《げいこ》さんが、戸口に佇《たたず》むのを見ながら学校へゆくのは格別の風趣といえたのである」（『京の思い出図絵』）

通学した禅門立般若林は大徳寺の横にあった。花街だから、軒ひさしのそろった表の構えにも華があり、妓《こ》の名を墨書した表札が並ぶ玄関の格子戸《こうしど》があいて、長襦袢《ながじゅばん》の襟をつまんだ姐《ねえ》さんが現われると、水上少年の心をかき乱した。

「萬春」は昔からのお茶屋で、先代がモダーン好みの人だった。二階に撞球《ビリヤード》室やダンスホールをはじめ、白いドレスを着たダンス芸妓を登場させた。その後京都初の芸妓ホームバーを開いた。昭和四十八年に、二階を欧風料理店にした。「かよちゃん」と呼ばれていたオーナー伊藤かよ子さんの弟（弘さん）がシェフをしている。弘さんは京都ホテルで料理を修業して、しっとりとした京都ならではの洋食をつくる。一階のバーでも一品料理を注文できる。

「バアの客は、千種万様。風呂《ふろ》帰りの機屋《はたや》の旦那《だんな》さんから、番頭さん、大学教授、カメラマン、私のような流連作家。……さて満員になっても十四、五人だろう。それでも、やってゆけるとみえて、なかなかつぶれない。店のかよちゃんの美貌《びぼう》にまつわる蛾《が》ばかりかと思うとそうでもなく、まじめに商談などしているお客さんも見かけた」（『京の思い出図絵』）

水上勉は、平成元年（七十歳）に、中国で天安門事件に遭遇して、帰国後心筋梗塞《しんきんこうそく》で倒れた。

七十二歳のとき、軽井沢から長野県北御牧村へ山荘を移した。北御牧村から、原稿用紙にブルーの万年筆で書いた長文の手紙をいただいたことがあった。私の小説への懇切丁寧な評で、最後に「評論はともかく、小説を書くと早死にする。これ以上小説は書くな」と記されていた。

北御牧村の家へ行くと、冷蔵庫から缶ビールをとり出して、「飲もうや」といった。

蓋のパンが香ばしい萬春名物「ビーフ・シチューの壺煮」

心筋梗塞なのにビールを飲んでいいんですか、と案じると「ええんや、飲も」といって、肴に作りおきの大根の一夜漬けを出した。帰るとき「また、おいで」とひとこと言った。それが水上勉との最後になった。

京都の上七軒は、小僧時代と、人気小説家となった水上勉の昔と今が時間の襖絵《ふすまえ》となって一枚に合体する。直木賞を受賞した『雁《がん》の寺』の慈念《じねん》は、まぎれもなく小僧時代の水上少年である。小僧の慈念は、和尚を殺して、寺の襖絵を破りとった。その襖絵には「子雁に餌《え》をふくませている」母親雁の姿が描かれていた。

「萬春」で出される一皿のリンゴ・セロリーサラダの、ひんやりとした甘さのなかに、水上勉の栄光と孤独がひそんでいる。

水上勉（みずかみ・つとむ　1919〜2004）
福井県生まれ。寺の徒弟、代用教員などを経て、昭和23年『フライパンの歌』でデビュー。同36年『雁の寺』で直木賞を受賞。『飢餓海峡』『越前竹人形』などで流行作家に。菊池寛賞、谷崎潤一郎賞、毎日芸術賞など受賞多数。晩年は長野に住み、執筆の傍ら、絵画や陶芸にも親しんだ。

池波正太郎と「資生堂パーラー」

「昨日、書き換えの途中で、銀座の資生堂へ行った」

「なんだい、そりゃあ……？」

「洋食屋だよ。パーラーってんだ」

「何を食べた」

「おどろいたよ、おい。チキンライスが銀の容器《いれもの》に入って出て来やがった」

（「銀座・資生堂パーラー」『散歩のとき何か食べたくなって』）

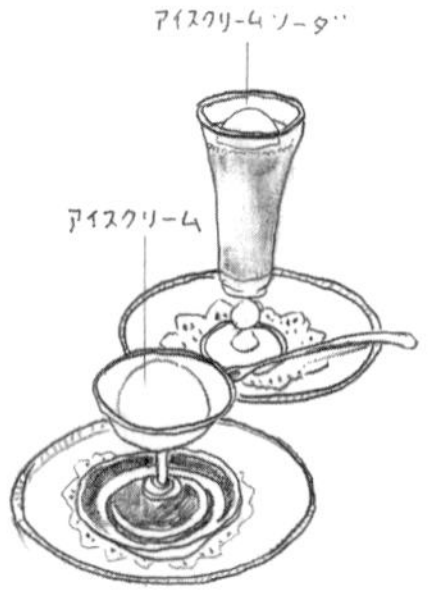

資生堂パーラー銀座本店
東京都中央区銀座 8-8-3
東京銀座資生堂ビル 4・5 F
03-5537-6241

池波正太郎が生まれた大正十二年に関東大震災がおこった。正太郎の父富治郎は日本橋の綿糸問屋の通い番頭をしていた。震災のため、一家は埼玉県の浦和へ移り、池波少年は六歳の一月まで浦和で過ごすことになる。この間、綿糸問屋が倒産し、失職した父は自暴自棄となり酒に溺《おぼ》れて、離婚した。六歳から二十一歳まで、池波少年は浅草・永住町《ながずみちょう》の母の実家ですごした。

十二歳で下谷《したや》・西町小学校を卒業すると、茅場町《かやばちょう》の現物取引所田崎商店に勤め、四カ月でやめて、兜町《かぶとちょう》の株式仲買店松島商店に入店した。紺サージの詰襟服《つめえりふく》を身につけ、自転車に乗って株券の名義書き換えのための会社まわりをしていた。月給は五円だったが、使い走りの小僧にはチップが出て、月給の二倍、三倍の収入になった。小学生時代からの仲間に井上留吉という少年がいた。井上留吉が、

「おどろいたよ、おい」

と池波少年に言った。

銀座の資生堂パーラーへ行くと、チキンライスが銀の容物《いれもの》に入って出てくる、という。留吉とは浅草の牛めし屋台店や上野松坂屋の食堂へ行ったことはあるが、銀座ははじめてだった。チッキンライスは七十銭。留吉とふたりで食べた当時の資生堂パーラーのメニューは、

コンソメー・野菜ポタージュ（共に五十銭）
舌平目フライ・バター焼き（共に六十銭）
伊勢《いせ》エビのフライ・コールド（共に一円二十銭）
チッキン・クルケット（すなわちチキンコロッケで七十銭）
ハムバーク・ステーク（六十銭）
ホットロースト ビーフ・オントースト（一円）

であった。

資生堂は、明治五年に西洋式調剤薬局として銀座に店舗をかまえ、化粧品メーカーに転身しながら、明治三十五年に「ソーダファウンテン」を設け、ソーダ水とアイスクリームの販売をはじめた。これが資生堂パーラーの出発であった。店は関東大震災で焼け、バラック店舗をへて、昭和三年に前田健二郎設計の黄土色タイルで外装したビルになった。

中央を吹きぬけにして、二階は回廊の趣があり、階下正面に大理石のカウンターがあった。池波少年がチキンライスを食べに行ったのは、この時代の資生堂パーラーである。月給五円の少年社員が、チップをためて、七十銭もするチキンライスを食べに銀座に出かけた。

野菜の彩りが美しい
「舌平目のムニエル」

資生堂パーラーには池波少年より一つか二つ年下の坊主頭《ぼうず》の少年給仕がいた。白い制服に身をかためた少年給仕はぎこちなく注文をきいた。二度目に行ったとき、少年給仕は「マカロニ・グラタンいかがです?」とすすめた。三度目は「今日は、ミート・コロッケがいいです」とすすめた。このようにして、足かけ三年ほど少年給仕山田君との交友がつづき、ある年のクリスマスの日に池波少年は岩波文庫の『足ながおじさん』を買って「プレゼント」と言って渡した。すかさず山田少年も小さな細長い包みを「ぼくも!」といってよこした。テーブルの下で包みを開けてみると「にきびとり美顔水」が入っていた。

この話は泣ける。山田少年とは、その後水兵となった姿を一度見かけただけで音信不通となった。兜町の少年社員井上留吉も音信不通で行方はつかめない。

十八歳のとき(昭和十六年)日米開戦となり、近いうちに徴用がくるのだから、いまのうちに旨《うま》いものを食っておこうと、八重洲《やえす》口のレストランでカキフライ、カレーライスとビール二本の食事をとった。

西武線小平《こだいら》駅近くにあった国民勤労訓練所をへて、軍需工場の旋盤機械工となり、二十二歳で敗戦となった。浅草・永住町の自宅は米軍の空襲で焼失した。二十三歳で都職員となり、DDTの散布に従事した。長谷川《はせがわ》伸に弟子入りして劇作家となり時代小説を書きはじめたのは三十一歳である。

小説『錯乱』で直木賞を受賞したのが三十七歳。池波正太郎といえば『鬼平犯科帳《おにへいはんかちょう》』の鬼平こと長谷川平蔵、『剣客商売』の秋山小兵衛《こへえ》、『仕掛人《しかけにん》・藤枝梅安《ふじえだばいあん》』の梅安が頭に浮かぶ。いずれのシリーズにも江戸の料理がふんだんに出てくる。鰻《うなぎ》、鰹飯《かつおめし》、蝦蛄《しゃこ》の煮つけ、軍鶏《しゃも》、豆腐の葛餡《くずあん》かけ、蜆汁《しじみじる》、根深汁《ねぶかじる》、蕎麦《そば》、猪鍋《ししなべ》、掻鯛《かきだい》など、どれもこれもしぶとい味で、古風である。

時代小説に登場する料理が、さらに話に旨味をくわえる。そういった料理を出す店は『むかしの味』『散歩のとき何か食べたくなって』（いずれも新潮文庫）に詳しく書いてある。

二十歳のときに「婦人画報」に投稿した小説が入選して賞金五十円を獲得したものの、プロの小説家としてデビューするまで長い年月がかかった。それまでの下積み時代は、新国劇の脚本を書き、自ら演出もした。新国劇俳優の島田正吾《しょうご》や辰巳《たつみ》柳太郎らとつきあいつつも、目黒税務事務所に勤めていた。

池波作品には、庶民感覚が軸にあり、歴史上のヒーローも「一椀《わん》の味噌《みそ》汁《しる》にも生の充実や幸福がある」と感じる。どれほど腕の立つ剣客でも、庶民の生活感情を持っているところが、読者をひきつける。

連作『鬼平犯科帳』が「オール讀物」でスタートしたのは四十四歳のとき（昭和四十二年）である。連作『剣客商売』（「小説新潮」）と『仕掛人・藤枝梅安』（「小説現代」）は四十九歳からである。

池波正太郎は一皿の料理のなかに小説を見ていた。料理を作るように小説を書いた。舌が物語を構築する。味が上等であることが第一だが、料理人の仕草や表情や年季を見逃さない。料理店のたたずまい、店の背景も重要な条件である。自らを時代小説の職人に見たてている。昔の味に出会ったとき、瞬時に小説がひらめいた。

いかほど高級な料理であっても、そこに庶民の情にふれる物語がないと受けつけない。

汁粉屋であろうと船場のかやく飯屋であろうと、あるいはラーメン屋であろうと、店の主人をしっかりと観察している。店に入ってくる客の顔も見る。店にとってはいささかややこしい客である。

そうやって池波料理エッセイ本に紹介された店は百店以上にわたるだろう。食べたければその店へ行けばいいが、じつのところ、いまは料理人が替っている。料理は、味をとりまく事情によって変化する。食べる人の健康状態、食事の時間、だれと一緒に食べるかといった状況によって味が違ってくる。

定番の「オムライス」

泥棒を追う鬼平がすする蕎麦も、梅安が人を殺したあとに食う鍋料理も、秋山小兵衛がかきこむ饂飩《うどん》にもその場の気配が満ちている。場があって舌が反応する。『剣客商売』の小兵衛は、小柄で、痩《や》せた六十歳の老人である。京都の古書店で会った歌舞伎《かぶき》俳優、中村又五郎がモデルだという。黒いソフトに、ダークのコートを着た人が古書をあさっている姿は、京大の教授のように見えたという。素顔の又五郎のイメージから秋山小兵衛という老剣客を作りあげた。日常の散歩の途中に、ふいに剣客のモデルに会い、物語が発想される。

こういった生理感は、浅草・永住町ですごした少年時代からはじまっていた。池波少年をひきとった母は再婚して家を出ていったが、祖父に可愛《かわい》がられて育った。夏は大森海岸から売りにきた蟹《かに》を茹《ゆ》であげて、家族一同で車座になってむしゃぶりつき、冬は路地でサツマイモを焼いて食べていた。そうこうするうち、母が離婚して、赤ん坊を連れて戻ってきた。

浅草の地域共同体で池波少年はのびのびと育ち、周囲の人の好意に支えられて成長した。食い気は並はずれて強く、好奇心も旺盛《おうせい》だった。

資生堂パーラーは森鷗外の小説『流行』、谷崎潤一郎の小説『金と銀』、太宰治の小説『正義と微笑』、川端康成の小説『東京の人』などにも登場する高級サロンであった。昭和二年には岸田劉生《りゅうせい》が「資生堂パーラーの図」を描いている。そういった名店へ、臆《おく》することなく、池波少年は出かけていった。十三歳にして食通の剣客であった。

木造二階建ての資生堂パーラーは昭和三十七年に鉄筋コンクリートの九階建てのビルに建てかえられた。私が池波氏に連れられて行ったのは、この時代で、地下一階と三階に資生堂パーラーがあった。八階には高級フランス料理店「ロオジエ」ができた。

しかし、「ロオジエはフランス料理を本格に出す高級レストランで、黒い前かけもまた本格的なソムリエがいてワインのリストを持って来る。フランス語が読めぬ私は、ほとんどロオジエへは行かない」（『散歩のとき何か食べたくなって』）という次第で、資生堂パーラーを好んだ。

池波正太郎は、戦前と変らぬ高石鍈之助《えいのすけ》シェフ時代の洋食を愛した。そこには旧友井上留吉と山田少年給仕への思いがつながる。チキンライスやミートクロケットの奥に、少年時代の熱き記憶が重なる。

資生堂パーラーは平成十三年に全面改装を行い、四、五階部分のレストランには、往時の中二階形式の吹き抜け風バルコニーが蘇《よみがえ》った。三代目総料理長高石鍈之助のレシピーは木村伸也《しんや》の手にひきつがれ、さらに工夫を加えて、新らしいメニューを開発している。

銀のアントレディッシュで供される「チキンライス」

現在の四、五階のレストランは窓から銀座の光が差しこんで、空中庭園の趣がある。全体を明るいベージュの壁で包みこみ、白いレースのカーテン、資生堂のロゴが入った純白なテーブルクロスがエレガントだ。テーブルの上には季節の花が活《い》けてある。

池波氏と食事をしたときは、四人で出かけて、黒ビールを飲んでチキンライスだのコロッケだのオムライスだのの一品料理を分けて食べた。西洋料理を家庭の晩ごはん式で食べる方式を、ウェイターは心得ていて、取りわけ皿を出してくる。オムライスは最初から人数分に切りわけて出てくる。これぞ池波好みの洋食というものだろう。

池波正太郎（いけなみ・しょうたろう　1923〜1990）東京・浅草生まれ。小学校を出てすぐ株式仲買店に勤め、海軍に応召。戦後は公務員の仕事の傍ら、新国劇の戯曲を書く。昭和35年『錯乱』で直木賞を受賞、以後「鬼平犯科帳」「剣客商売」「仕掛人・藤枝梅安」などのシリーズで国民的作家に。映画や食についての著作も多い。

遠藤周作と「重《しげ》よし」

原宿の「重よし」。知る人ぞ知る美味な和食店である。

（中略）

開店当時は、そうおいしいとは思わなかった。

そのまま行くのをやめていたが、四、五年たって再度訪れてみると、店が変ったのかと思うほど美味だった。以来、この店に寄るのを常としている。

（「遠藤フッド」『最後の花時計』）

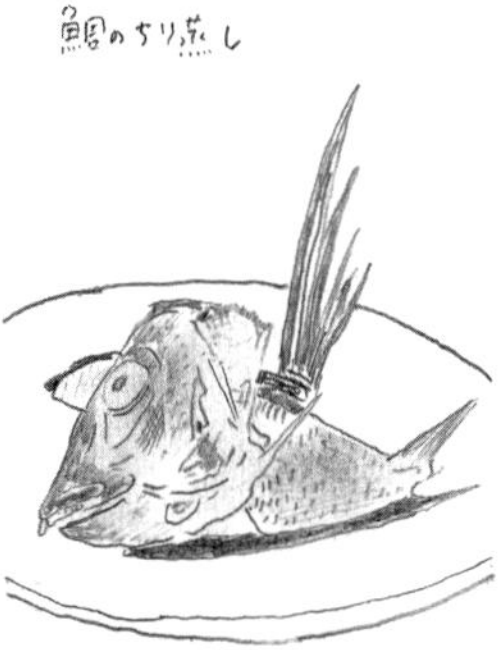

重よし
東京都渋谷区神宮前 6-35-3
コープオリンピア 1F
03-3400-4044

遠藤周作と狐狸庵《こりあん》先生は一見するとまるで別の人間に見える。狐狸庵は、常識的生活人でユーモアにあふれ、ステテコをはいて縁側にねころんで「狐狸庵閑話」（こりゃアカンわ）とぶつぶつ言っている隠居老人である。

いっぽう遠藤周作は、不気味な緊張をはらんだ文学者で、これでもかというほど人間悲劇を書きつづけた。残酷な宗教的寓話《ぐうわ》であったり、人間存在の原罪を深く問いつめる小説が多い。正反対の両極が遠藤周作という小説家を統合しているのだが、小説（フィクション）に本名を使い、エッセイで狐狸庵という雅号を名乗っていた。筆名と本名を使いわける作家がいるが、これは逆である。

フランスのリヨン大学留学をへた遠藤周作が、『白い人』で芥川賞を受賞したのは、昭和三十年（三十二歳）である。フランス語に堪能《たんのう》で、白麻のスーツが似合う長身の小説家だった。『白い人』はナチの拷問《ごうもん》に焦点をあて、人間の根源に神を求める小説だった。

その二年後に発表した『海と毒薬』は、九州の大学病院で米軍捕虜を生体解剖し、その肝臓を食べてしまう、という衝撃的な内容である。実際にあった事件をヒントにした遠藤版『罪と罰』である。まず最初に深刻なる小説家遠藤周作でデビューした。

それが、四十歳をすぎて小説『沈黙』を書いたあたりから、ひょうひょうとして愉快な狐狸庵先生が登場してくる。狐狸庵は、ものぐさで、のん気で、食通ではないが食道楽の人である。食べ物の好物はタケノコ、サクランボ、そら豆、山うど、田楽豆腐、今川焼、アブラゲ、アンパン、芋のニッコロガシ。庭の大きな葉をひろげた木蓮《もくれん》の木の下に机を持ち出し、山うどやそら豆でビールを飲んだ。酒は辛口の菊正宗《きくまさむね》。少年時代を阪神でおくり、灘《なだ》中（いまの灘高）に通っていたころから「菊正宗」の三文字が頭に入っていた。瓶づめではなく、樽《たる》の香がしみこんだ菊正宗。

狐狸庵先生の庭ではつくしがとれた。そのつくしを北杜夫《もりお》がとりにきて、ウマい、ウマいと食っていった。

急性胃炎で寝床についたとき、子規の『病牀《びょうしょう》六尺』を枕元《まくらもと》にもってきて読みはじめると「カツオのタタキを熱い飯と一緒にたべた」とある一節を見つけ、たちまち舌にツバがたまった。病気がなおってから、さっそく試してみると、それほどうまくはなかった。カツオのタタキに欲情したのではなく、子規の文章に欲情した。

「饅頭《まんじゅう》を盗み食いした少年時代」というエッセイは大連時代の記憶である。狐狸庵少年は四歳から十歳まで旧満州大連で過ごした。湯気のたった饅頭を食べたいが、金がない。それで、母親の銀の装身具を持ち出して、五十銭で売りその金で饅頭を買って食べた。つり銭は庭の一角に埋めて、毎日、その地面を掘って、いくらかの金をとり

「前菜四品盛り」
あわびの酒蒸し
アジの卯の花あえ
蒸しうにと百合根蒸し
白瓜の糟あえ

出して買い食いした。「うしろめたい気持と、湯気のたった饅頭とが、私に何とも言えぬ味を感じさせた」と述懐している。

渋谷の裏町に木造二階だての中華料理店があり、細い路《みち》に面して灰色のノレンがぶらさがっている。その店で豚マンジュウ（餃子《ギョーザ》）を食べながら黄昏《たそがれ》の空を見て大連を思い出す。

東京のフランス料理店は、ほとんどの店を認めない。店へ行くと「リヨン風オムレツ」だの「ブルゴーニュ風シチュー」だのとメニューにあってなにがなんだかわからない。メニューがフランス語で書かれているが、つづりにデタラメがあり、腹をたてた。

リヨン大学に留学した経験から、日本のフランス料理のうさんくささを見ぬいていた。

はなはだ手ごわい客なのだが、それをもとに威ばりちらすことはない。八年ぶりにリヨンへ行ったときの話（「兎亭《うさぎてい》のスープの味」）がある。汽車に乗って、リヨンへ着き、学生時代に通った「兎亭」という三流レストランの扉を押した。貧乏学生のころに食べたオニオンスープをもう一度食べたい。肥《ふと》ったマダムが憶《おぼ》えてくれていて、きっと驚きの声をあげながらむかえてくれるだろう、と期待に胸をふくらませた。ところが店の代が替わり、オニオンスープは香料の味がきいていないまずい味だった。その失落感にこの世の無常がある。

狐狸庵先生が書く料理譚《たん》は、そこになにかしらの物語がある。忘れない味に、「朝がた子供が売りにきた納豆」をあげる。戦後しばらくは、少年が納豆を売り歩いていた。それには少年の家の事情があるのだろうが「あの頃の納豆は糸が長く長く引いて実にうまかった」。あるいは原宿でジーンズをはいて、屋台でオデンを売っている若い夫婦を見つける。エプロンをまいた母親の横で子供がおとなしく遊んでいるのをみて、小説家の空想がかきたてられる。

中学校からの帰り、うすぎたない店で、うすぎたないエプロンをかけたおばいんが、鉄板の上に液体状のメリケン粉をながし、刷毛《はけ》でソースを付け、ジュウジュウといわせて焼いていた一銭やき（お好み焼き）が忘れられない。

油蟬《あぶらぜみ》が鳴いているなかで、アッパッパを着たおばいんが氷いちごを売っている。葦簀《よしず》のなかの縁台の上には、上半身裸の人足が昼寝をしており、狐狸庵少年は、すでに小説家の目で観察していた。

狐狸庵先生の料理話は、思いつくままの自在なる観察眼があって、それは遠藤周作の深刻なる小説と無関係ではない。

『海と毒薬』は人間の原罪を問う小説で、わずかな藷《いも》や大豆、おばはんの縁のへこんだアルミ碗《わん》、薬用の葡萄糖《ぶどうとう》、配給された小石のような固パン、料理場から漂う魚油《ぎょゆ》と沢庵《たくあん》の臭《にお》い、アイス・キャンデー売り、雑炊、などが出てくる。

『沈黙』は、苛酷《かこく》な拷問《ごうもん》を加えられ、ついに背教に至るポルトガル司祭の話である。信者にふりかかる迫害、拷問の様子が刻明に描かれている。役人は、宣教師に対し、食事を一日に二度あたえようとする。しかし、それは「穴吊《づ》り」拷問の前ぶれであって、宣教師の心がゆるんだときに、突然、拷問を加えてくる。

登場する食料は、麦、芋、大根、草木の根、胡瓜《きゅうり》、干魚、長虫（蛇）。二、三日前に煮た南瓜《ぼうぶら》は汗臭く、蠅《はえ》がたかっている。司祭は腐りかけた南瓜を貪《むさぼ》り食う。盂蘭盆《うらぼん》で川に流された根芋や茄子《なす》と一緒に祭った法界飯を食わせられる。宣教師が拷問をうけているとき、肉づきのいい奉行はゆっくりと湯を飲んでいる。

遠藤周作は、悲惨な小説のなかで、食事のシーンに冴《さ》えを見せる。貧しい食事には満州時代の記憶が重なっている。同じ料理に対して、視点によって正反対の価値が生まれる。

狐狸庵先生が好きなものに、盛夏の麦茶がある。夏の盛りに京都の落柿舎《らくししゃ》へ行ったとき、咽喉《のど》の渇きをおぼえた。開け放した家の中に柿《かき》の青葉の翳《かげり》が青くうつり、一人

遠藤の好物だった「鰯の唐揚げ」

の婆《ばあ》さまが針を動かしていた。その婆さまが竹を切った筒を運んできた。

「竹づつの中には、咽喉《のど》の痺《しび》れるように冷えた麦茶がなみなみと充《み》たしてあって、その甘露な味は今日も忘れていない」（「盛夏の麦茶」）

この一節を読んで、瞬時に頭をよぎるのは小説『沈黙』で、水を飲ませて貰《もら》えない神父のシーンである。ここに至ってひょうひょうたる狐狸庵先生と深刻な遠藤周作が交錯《こうさく》する。狐狸庵先生は、ひとすじ縄ではいかない舌を持っていて、身を低く構えながらも小説を幻視した。

そういうややこしい狐狸庵先生がひいきにしていた店が「重よし」である。

「和食が食べたい夜は、私はもうこの数年、表参道の『重よし』に行く。この店は原宿のコープ・オリンピアの一階にあって、やはりうっかりすると見のがしてしまうかもしれない。しかし食べることの好きな人の間では知る人ぞ知る店といわれている。主人の佐藤さんは非常に研究熱心で、（中略）店の料理も主人の独創になるものが多いが、それがまたおいしいのである」（「書斎のこと、好きな店のこと」）

編集者時代の私は、狐狸庵先生に「重よしは凄《すご》い店だぞ」と教えられて、連れていかれた。もう三十年以上前のことである。

そのとき、狐狸庵先生が注文したのが鰯《いわし》の唐あげであった。新鮮な鰯はハラワタがうまい。ほのかな甘みのある胆《きも》が、ジュウと咽喉にしみてくる。四品の酒肴《しゅこう》（あわびの酒蒸し、アジの卯《う》の花あえ、蒸しうにと百合根《ゆりね》蒸し、白瓜《しろうり》の糟《かす》あえ）、いずれも狐狸庵先生の好みであった。

主人の佐藤憲三《けんぞう》氏は、昭和十九年に、東京青山で生まれた生粋《きっすい》の東京っ子だ。立教大学のころは重量あげの選手をしていた。名古屋の料理屋で修業して、昭和四十七年に店をはじめた。馴《な》じみの客からは「ケンちゃん」と呼ばれている。

ケンちゃんの腕と人柄を見込んだ狐狸庵先生は、長崎や大分などの名店へ連れていって、各地の味を教え、ケンちゃんはメキメキと腕をあげた。茄子、大根、鰯といった日本古来の食材を使った料理がこの店の特徴である。「重よし」のオリジナル料理に「銀杏《ぎんなん》の掻《か》きあげ丼《どん》」がある。ぶり大根も「重よし」の名物料理である。

狐狸庵先生は、向田邦子《くにこ》さんに、「どこかおいしい店を教えて」と頼まれて「重よし」へ案内して、蛤《はまぐり》と鰯塩を食べた。向田さんはすっかり気にいって一週間に一度は店へ姿を見せるようになった。向田さんは昭和五十六年八月に台湾の飛行機事故で亡《な》くなられた。台湾へ出発の前夜に、向田さんは「重よし」にきて、帰るときに傘を忘れていった。

遠藤周作は「遺品ともいうべき彼女の傘は、しばらくその店におかれていた。私は

「パッションフルーツのゼリー」

ある日、向田さんが可愛《かわい》がっていたある女優にその話をしたところ『わたくし、頂いても宜《よろ》しいでしょうか』と彼女は言った。そしてその傘はこの女優の所有となった」と読売新聞（平成六年一月一日）に書いた。

それにつづけて「今年も私はこのなじみの店のお節《せち》料理をたべた。息子夫婦が来て、重箱を前にして酒を飲んだ。私ももう古稀《こき》になった」としめくくった。

遠藤周作が没したのはその二年後のことであった。

遠藤周作（えんどう・しゅうさく　1923～1996）
東京生まれ。慶應義塾大学文学部仏文科卒。昭和25年、戦後最初の留学生として渡仏。帰国後、同30年『白い人』で芥川賞、同33年『海と毒薬』で毎日出版文化賞を受賞。『沈黙』『死海のほとり』『侍』『深い河』など思索的で重厚な小説を発表する一方で、自らを「狐狸庵」と称する軽妙なエッセイでも広く人気を得た。

吉行淳之介と「慶楽」

示し合せたわけではないのに、四人ほどつぎつぎと私の部屋に人が集った。

主として仕事のことで、お互に知らない同士もいる。

こういうときには、なるべく気の張らない店にでも行こうと考えたとき、その店のことが頭に甦《よみがえ》ってきた。

（「慶祝慶賀大飯店」）

慶楽
東京都千代田区有楽町 1-2-8
03-3580-1948

吉行淳之介は料理エッセイを多く書いているが、その趣向はややこしい。ブリ一匹を貰《もら》ったときは、まず魚の顔を眺めて、どういう顔の魚が旨《うま》いのか、と考えこむ。品のいい顔の魚が味がよいという気がするし、さりとてあまり立派な顔もどうか、と疑ってみる。

旨いと思わせ、そのあとで厭《いや》な気分にさせる料理（たとえばサメの煮付け）は、「罠《わな》にはめられたようで甚だ不愉快」になる。

戦後の二年間は外食券食堂に通い、食料が配給制であった。スケソウダラの切り身は、水浸しになったようにぐじゃぐじゃになっていて「情けなくなるほどマズかった」。そのころ、冠水芋《かんすいいも》なるものが配給され、それは水浸しになった畠《はたけ》で取れたイモである。いまなら捨てる筈《はず》のもので「ぐみぐみして甚だマズい」。この二つが、当時のマズイもの番付の東西の横綱と断じている。平貝がきらい、ミル貝もきらい、カズノコも苦手である。大量飼育のブロイラーを憎み、テンプラを食うとゼンソクの発作を起した。偏食の味覚を論じつつ、読者をケムに巻く。

京都の有名なスッポン料理店Dへ行った。料理はすこぶる結構だったが気にいらないことが二つあった。おしぼりから安香水のにおいが強く漂っていたことと、室温ぐらいの甘ったるいグリーン・ティーが出てきた。やんわりと、しかし痛烈にけなしている。料理店としては一番手ごわい客である。

終戦直後、大学から下宿へ帰る道すがら、ふと友人の家へ寄ってみた。そこには美人の妹がいる。玄関から入らず、芝生のある庭へまわると、美人の妹が鮭《さけ》のカンヅメを開けようとしていた。飯びつからは真白い米の飯が湯気を立てている。鮭の薄桃色と米の白さが目に染《し》みた。それが、このうえなくゼイタクに見えた。その日の昼食は一握りの大豆を醬油《しょうゆ》で炒《いた》めたのを食べただけだ。すると、その家の主婦が「お食事、まだでしょう。ご一緒にいかが」と声をかけてきた。

「いや、ぼくはいま済ませてきたところです」

ととぼけて、縁側に坐《すわ》って食事がすむのを待った。主婦の声の裏に事務的なよそよそしさが潜んでいるのを見逃がさない。と同時に、夕食どきに訪れた自分の行為が卑《いや》しく思えてきて、それに耐えられずに小走りになって友人の家から立ち去った。この一件は記憶にいつまでも残ったらしく、そのことを思い出すと、「私はいまでも自分が厭《いや》になり、世の中が厭になり、なんだか眠たくなってくる」と述懐している。羞恥《しゅうち》と欲情が記憶のすみで脹《ふく》れ、赤痣《あかあざ》となり、そこに男女の微妙な心理がからまる。

街を歩いていて、突然カレーそばが食べたくなり、駄蕎麦《そば》屋に入ろうとすると、飾窓に蠟《ろう》細工の見本があり、食べるのをやめようとした。店が開いたばかりで、三十代

珍しい「レバーつゆそば」

半ばの女が入っていった。どうしてもカレーそばが食べたくて、女につづいて入ると、女店員が注文を訊《き》きにきた。女は「カレーそばを頂戴《ちょうだい》」という。迷いのない声音である。「はい、カレーそばですね」と女店員が復唱した。さて、自分の注文をどうするか。真似《まね》をしたと思われたくないから、カレーそばではなく、「ざる一枚」とでも変更すればいいのだが、カレーそばを食べたいという気持は変えがたく、女の客を気にしつつ「カレーそば」と注文する。

ただこれだけの事件であるのに、ささいな葛藤《かっとう》を感じて、「カレーそばが発端となる恋愛小説」を妄想する。羞恥の変容はただごとではない。カレーそばが一転して行きずりの恋へ飛躍する。

パーティに出席したとき、銀座のバーから出張してきた接待役の女に「なにか食べるものを持ってきましょうか」と声をかけられ、首を横に振った。「フルーツでも」といわれて「フルーツは高価《たか》いからダメ」と断った。冗談で言ったわけだが、キャバレーでフルーツの皿が出てくると勘定がひどく高くなる記憶がからんでいる。これほど過敏に反応しつつも、「男の場合（料理の）味が分からなくてはまともな文章は書けないし、女の場合にはセックスが粗悪である」と断言する。意図的にえげつない言い方をして核心を衝《つ》く。

「慶祝慶賀大飯店」（「文藝」昭和五十三年一月号）という作品がある。旨くて安い中国料理店であるが、「難をいえば店内のたたずまいがやや荒々しくて」、壁が脂染《あぶらじ》みている。

　二人いる中国人の女店員が怖《おそ》ろしいくらい無愛想で、ビールを束にしてテーブルにどさりと置き、怒ったような顔をして戻っていく。メニューをゆっくり眺めていると、女店員が「おじさん、なに食べるの、はやくきめなさいよ」と催促する。豚足を注文して、老酒《ラオチュウ》を飲みつづけるうち「あんたたち、まだ飲むの」とあきれられた。
　三、四回通ううちに、女店員とうちとけてきた。三人で出かけて、鱶《ふか》の鰭《ひれ》の料理を注文すると「それ、食べるの、高いのよ、三〇〇〇円もするのよ」とまじめな顔で言われた。高くてもいいと答えると「でも、あんた、あまりおいしくないのよ」と声をひそめたので、女の顔をたてて注文を取り消した。
　無愛想だった二人の女店員はいつのまにかやめてしまったが、店とは馴染《なじ》みとなった。

　――最近、少女が一人勤めはじめて、これがまたひどく無愛想で荒々しい。焼そばの皿など、テーブルの上に投げ出すように置く。観察していると、どのテーブルでもそうなので、悪気はないらしい。そういう立居振舞が当り前と考えているようだ。また、手なずけなくてはなるまい。

と、話はしめくくられている。これが吉行流である。店名に関しては「もちろん仮名だし、場所も書かない」としているが、日比谷《ひびや》の「慶楽」である。吉行はホテルで原稿を書いた。『砂の上の植物群』は主として神田駿河台《するがだい》の山の上ホテルで書き、昭和四十八年以降はもっぱら帝国ホテルだった。

昭和五十三年（一九七八）の帝国ホテル宿泊中の日記「ホテル暮しのときの一週間」に、有楽座横のゲームセンターで遊び、そのあと中国料理店「慶楽」で、小松菜と牛肉の焼そばを食べた、とある。

慶楽が、有楽町の国鉄高架線沿いにできたのは昭和二十五年（一九五〇）で、初代の區亮郷《くりょうこう》は中国広東《カントン》省順徳《じゅんとく》（広州と香港《ホンコン》の中間）の出身で、順徳は料理人が多い。安くて旨い中国料理店として知られ、私も昭和四十年ごろから通っていた。

二代目の現主人區傳順《くでんじゅん》氏は日劇のウエスタン・カーニバルにあこがれてミュージシャンになった。平尾昌晃《まさあき》、山下敬二郎、ミッキー・カーチスらが活躍していた時代である。三十一歳のとき、父の跡をついで二代目となった。娘の區麗情《くれいじょう》は歌手である。

開高健はこの店のモツ煮と蒸し魚をこよなく愛し、井上ひさしは、レバーのつゆそばがお気にいりであった。スープチャーハン（一〇〇〇円）がいまの人気料理である。

吉行が必ず注文した「カキ油牛肉焼きそば」

吉行淳之介はもっぱら「カキ油牛肉焼きそば」を好み、これは牛肉、長ネギ、キクラゲ、レタスをオイスターソースで炒《いた》めてそばにかけるものだ。レタスを加えたところに初代の工夫がある。吉行は、近くのパチンコ屋で景品のチョコレートをとり、店の女の子に「ハイヨー」と配っていた。

區氏が作る基本料理は百九十五種で、季節の野菜や魚を応用すると五百種以上になる。吉行が好んだ豚足もこの店の名物である。女店員に、「豚の足と腎臓《じんぞう》料理と、どっちが旨いかね」と訊《たず》ねると「そんなこと、好き好きよ」と言われた。すかさず、「きみだったら、どっちを食べる」と訊いて「そうね、豚の足ね」と答えられる話が「慶祝慶賀大飯店」に出てくる。慶楽の料理は広東料理ならではの渾沌《こんとん》の威力がある。

吉行の父は新興芸術派の人気作家吉行エイスケで、昭和十五年に没し、美容家の母あぐりに育てられた。妹に女優の吉行和子《かずこ》と芥川賞作家の吉行理恵がいる。吉行あぐり美容室は、市ヶ谷駅から四番町へむかう坂の途中にあり、そこは私の通勤の道であった。私はいつも、まぶしい思いで、魔法の館《やかた》のような吉行あぐり美容室を眺めていた。

銀座のクラブで一番ホステスに人気があった小説家が吉行淳之介である。人気歌手宮城まり子との恋愛で話題になった文壇の貴公子であるが、その作風は、狭く閉ざされた場での人間心理の格闘である。娼婦《しょうふ》の世界を描いても男と女のあいだに生ずる違和感に目が向けられる。それが性倒錯、背徳へとむかい、最後はもの悲しい暗闇《くらやみ》への頌歌《しょうか》となった。

世間的には性風俗作家とも見られたが、性の根源を探求する不逞《ふてい》の精神と、意志では突破できぬ性の魔力に目をむけた。

学徒動員で応召したが気管支ゼンソクのため帰され、二十代後半は肺を病み、清瀬の療養所に入院生活をつづけ、そこで書いた「驟雨《しゅうう》」で芥川賞を受賞して作家の地位を確立した。

病弱で感受性が豊かな青年は、雑誌編集者をへて作家になると、無頼の徒と化した。ホテルに籠《こも》り、週刊誌・小説雑誌の連載をこなして、睡眠は四時間。対談をこなして、テレビやラジオに出演して、慶楽の焼きそばを食べ、銀座のクラブに出没した。皮肉屋で、長身の美男で、繊細でふてぶてしい。

二十代のころは病弱で、食べ物に興味を失なっていた。それが回復すると、思いつめるようにいろいろの料理を食べた。フランス料理店ではメニューにない牛丼《ぎゅうどん》、甘味の極端に少ない酢豚、年越しうどん（太く短くではなく太く長いため）、ウスターソースをかけた肉屋のコロッケ（トンカツソースはダメ）、二年間刑務所に入っていた

「豚の足煮物」（上）と「豚足の黒酢煮」（下）

ヤクザの親分が持ってきた藁《わら》でくるんだ納豆、ヌード喫茶のコーヒー、昔のラーメン、子どものころ風邪をひいたときに飲んだサイダー、と、いずれもわけありの舌である。料理を楽しみつつも、食事をとりまく情況が味である。

慶楽で会った中国人の女性店員もその一例で、ちょいとけなして、そのじつほめている。これぞ吉行淳之介ならではのダンディーの極意であって、ただ旨い、だけでは納得しない。慶楽は、いまは昔のように「壁など脂染みている」店ではない。四階建ての清潔なビルになり、四階が厨房《ちゅうぼう》である。慶楽で出る広東料理は変幻自在で、昔の味にいっそうの新味が加わった。

吉行淳之介（よしゆき・じゅんのすけ　1924〜1994）
岡山市生まれ。東京大学英文科中退。昭和29年「驟雨」で芥川賞を受賞。『原色の街』『砂の上の植物群』『暗室』（谷崎潤一郎賞）『夕暮まで』（野間文芸賞）など、性を通して人間の生に迫る作品を著した。都会的に洗練されたエッセイの名手としても知られる。

三島由紀夫と「末げん」

昨秋ボディ・ビルをはじめてからは、一日おきに怖《おそ》ろしい空腹に襲はれ、さういふときは料理屋へ行く前に、生唾《なまつば》を呑《の》み込みながら、いろいろとメニューを想像してたのしむまでになつた。

（「わが半可食通記」）

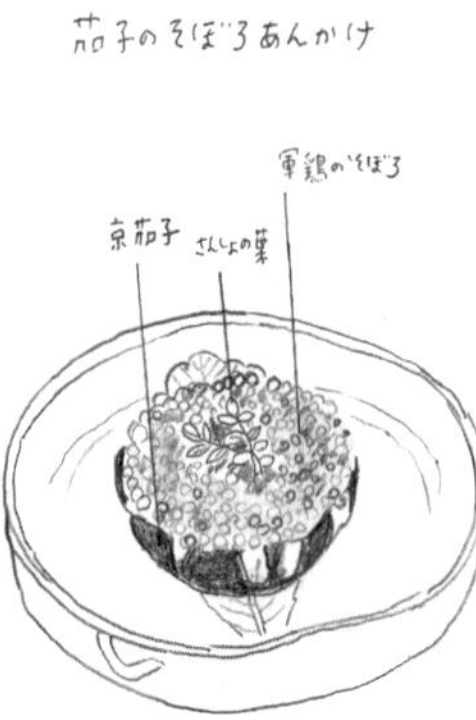

末げん
東京都港区新橋 2-15-7
Ｓプラザ弥生ビル１Ｆ
03-3591-6214

三島由紀夫こと平岡公威《きみたけ》は昭和四十五年十一月二十五日、陸上自衛隊市ヶ谷駐屯地で自衛隊の決起をうながしたが果たせず、東部方面総監室にて割腹自殺をとげた。四十五歳の人気作家の衝撃的な死は世間を驚かせた。

その前夜、三島は自ら主宰する「楯《たて》の会」の隊員四名を連れて最後の晩餐《ばんさん》をした。それが新橋駅前にある鳥割烹《かっぽう》「末げん」である。「末げん」は明治四十二年（一九〇九）に開業した鳥料理店で、原敬《たかし》首相や六代目菊五郎が愛用してきた老舗《しにせ》である。そのころは間口九間、黒塀の粋《いき》な料理店だった。いまはビルとなり、旧店舗の木材を使用した店舗になっている。

店の隣は烏森《からすもり》神社で、このあたりは焼き鳥屋が多く、夕暮れともなれば鳥を焼く匂《にお》いがたちこめて、サラリーマンがちょいと一杯飲みにくる盛り場だ。

そのなかで「末げん」は高級鶏肉《とりにく》と鴨《かも》を使った篤《とく》実《じつ》な料理店で、いまなお三島を慕う文学青年がやってくる。三島一行が食べたのは、鳥刺しや鴨ロースのあとに鳥鍋《なべ》が出るコース料理だった。「末げん」は開業した年に「東京食通番付」の上位に載るほどの人気料理店になった。鳥鍋には放し飼いにした地養鳥のほか軍鶏《しゃも》モモ肉、特製のつくね、鴨ロース肉ほかレバー、ハツ、スナギモといった臓物も入っており、決起隊には高級なパワーが注入されたと思われる。

三島は、学習院初等科に通学していたころは、運動がまるで苦手な虚弱児童で、躰《からだ》が弱すぎたため、二年生のときは江ノ島の遠足へ行くことも許されなかった。「アラビアンナイト」の挿絵を見て妄想をたくましくする文学少年であった。十五歳のときに自らつけたペンネームは青城散人《あおじろさんじん》で、顔が青白いことをもじったものである。

三島の母倭文重《しずえ》の生家は漢学者の家柄で、倭文重の父は開成中学の校長をつとめた。倭文重は料理が得意で、京都の瓢亭《ひょうてい》の献立だの星岡茶寮の献立を再現して、家族に出した。

三島は「母のお料理を、『おいしい』と言はなければあとがこはいから、『おいしい、おいしい、ほつぺたが落ちさうだ』といつも言ひ言ひ喰べてゐるが、鯛《たい》の昆布《こぶ》しめを出されて、『糸を引くから腐つてゐる』などと云《い》ひ出す僕」（「母の料理」）と回想している。勉強はやたらと出来るが、モヤシみたいに弱々しい。

学習院高等科を首席で卒業し、すんなりと東京帝国大学法学部に合格した。二十歳（昭和二十年＝三島の年齢は昭和年号と同じである）のとき徴兵の入隊検査を受け、軍医に右肺浸潤と誤診されて即日帰郷となった。誤診とはいえ、青白い虚弱な青年は兵隊にむかない。

しかし、このとき三島は、本名の平岡公威の名で遺書を書いていた。「御父上様、

三種類のひき肉で作ったコロッケが末げん名物「たつた揚」

御母上様」にはじまり「天皇陛下万歳」で終る毛筆の遺書である。死を覚悟して遺書まで書いたのに「即日帰郷」となった屈辱は、終生、三島についてまわった。二十二歳で大蔵省銀行局に勤務したが、九カ月で退職した。『仮面の告白』で作家の地位を確立し、二十六歳のとき、朝日新聞の特別通信員として世界一周の旅に出た。アメリカやブラジルをへてギリシアでアポロ的肉体に触発され『アポロの杯』を書き、肉体改造にめざめていく。内面よりも肉体的外面を重視し、それが『潮騒《しおさい》』（二十九歳）に結実した。

ボディ・ビルの練習をはじめたのは三十歳である。「文学的美食家」を標榜《ひょうぼう》し、「美食の本能が文学にばかり偏して、大御馳走《ごちそう》のごとき絢爛華麗《けんらんかれい》な作品にしか魅力を感じなかった」（「わが半可食通記」）というが、ボディ・ビルをはじめてからは、そういった観念の蓄積が肉体との葛藤《かっとう》で崩れはじめた。「紐育《ニューヨーク》レストラン案内」（昭和三十三年）では、「ロースト・ビーフに感心した」として五十二丁目のパーク街とレキシントン街の間にあるアル・シャハトという店と、ウォルドルフ・アストリア・ホテルのピーコック・アレイの二つを紹介している。「日本へかへつてから二三度旨《うま》いロースト・ビーフも食べたが、日本のは概して英国風のドライなロースト・ビーフで、肉もビフテキ並の固さを保つてゐる。ところが二ューヨークで食べたロースト・ビーフは、Prime Rib of Beef au Jus とメニューに書いてあるやつで、特殊な半透明の豊富なグレイビイにひたつてゐる巨大な厚い肉片で、それを切つて口に入れると、たちまち融けるやうに柔い」

五カ月にわたる外国旅行から帰国すると、外国料理ばかり食べた反動で、週に二、三回は都心で旨いものを食わねばならぬ、という強迫観念が生じた。

東京會館プルニエ（舌平目のピラフ）、並木通りアラスカ（スネイル）、アイリーンス・ハンガリヤ（チキン・パプリカ）、霞町《かすみちょう》ラインラント（アイスバイン）、東華園（コーアー）、浜作第二の板場、江安餐室《さんしつ》、ジョージス、天一、はげ天、日活国際会館（シュリンプ・カクテル）、烏森の末げん、田村町の中華飯店、西銀座の花の木が三十一歳の三島のおすすめの店となった。

「昨秋ボディ・ビルをはじめてからは、一日おきに怖ろしい空腹に襲はれ、さういふときは料理屋へ行く前に、生唾を呑み込みながら、いろいろとメニューを想像してたのしむまでになつた」（「わが半可食通記」）。

ボディ・ビルで肉体改造した三島は、川端康成の媒酌で画家杉山寧《やすし》の長女・瑤子《ようこ》と結婚し、剣道を習い、大田区馬込にヴィクトリア朝コロニアル様式の白亜の新居を建てた。居間、応接間、書斎、家具、調度品すべてのものが三島好みで統一され、和風の要素は排除された。『憂国』（三十六歳）、戯曲『サド侯爵《こうしやく》夫人』（四十歳）を発表して、ノーベル文学賞の候補となる。

四十二歳になると気力充実して、自衛隊に体験入隊し、翌年祖国防衛隊を作り、これが「楯の会」に発展していった。同年に『文化防衛論』を発表し、自決する一年前には大学紛争で荒れる東大全共闘との討論会に出た。

私が最後に三島に会ったのはこの年であった。三島は後楽園ジムでバーベルを何度も持ちあげた。三十回ほどくりかえすと筋肉がパーンと張ってくる。水枕《みずまくら》に水を注ぎ入れるような感じで胸がふくらんできた。

「今朝は四〇〇グラムのビフテキを食べてきた」、と三島はいった。三島は小柄で身長一五八センチぐらいである。ボディ・ビルで筋肉を盛りあげるために食べてきた、という。バーベルを持ちあげる前の三島は、筋肉質ではあるが、ごく普通の体型である。『潮騒』に登場する海の男〈新治〉の「自然によって巧まれた肉体」ではなく、「人工的に作られた危うい虚構の肉体」で、そこに三島文学の核があるように感じられた。

三島は、そのころは「私は別に美食家ではない」と書いていた。「美食しかできないといふ人は、たとへばローマの『トリマルキオーの饗宴《きやうえん》』の主人公のやうに、退廃

三島も最後に食した「鳥鍋」

した人間である」（「美食について」）

また、こうもいう。「自衛隊の食事は一日三食二百六十円である。マキシムは一食一万円である。おほむね値段からすれば百倍である。ではマキシムが百倍だけおいしかつたかといへば、そんなことはない。自衛隊では自衛隊の食事が相応においしく、マキシムではマキシムの料理が相応においしかつただけのことである。その場その場でどちらもおいしいと思ふのは私の胃が健康だからであり、そしてそれだけのことである」

三島は、エジプトの鳩《はと》も、ギリシアのムサカも、ブラジルのヘジョアダ（大豆とまぜて煮た豚のコマギレ）も、ラオスの樹葉のサラダも食べ、自衛隊では縞蛇《しまへび》もガマ蛙《がえる》も自分で料理して食べた、と自慢する。健康な肉体があってこそ自決することができる。拒食症性向だった虚弱体質少年は、あたかも宿題をこなすように、いろいろの料理を食べた。

「虚飾と純粋」をあわせもち、人並みはずれた「嘘《うそ》と真実」を使いわけた。努力を惜しまない生一本《きいっぽん》の人である。そのくせ生一本と思われるのが嫌で、堕落にあこがれる。よろめき夫人を讃《たた》えつつ日本人精神論を説き、歌謡曲を吹きこんだかと思うと自衛隊に体験入隊した。「虚飾と純粋」「堕落と克己」を行ったりきたりする命がけの作業が三島の文学であった。

ギリシアで三島が触発されたのは、アポロ的肉体だけではない。もうひとつは饗宴である。「人間の生活の一番重要なものは、戦争、もう一つは宴会だ」（「美食と文学」）と三島は喝破した。ギリシアの叙事詩は、戦争の叙述と饗宴の叙述で埋っている。「すべての人生の出来事を饗宴のなかに昇華する」のである。

三島は、「楯の会」四人を連れて「末げん」に行く二日前、十一月二十二日に家族を連れて「末げん」に行っている。家族には自衛隊市ヶ谷駐屯地へ決起することを少しも見せず、「最後の饗宴」をした。三島の父平岡梓《あずさ》（元農林省水産局長）は「まったく倅《せがれ》は天才的な詐欺師《さぎし》だと思いましたよ。私もだまされたし、家族の者もみなだまされた」と述懐した。ではなぜ「末げん」であったのか。

「末げん」は父梓が贔屓《ひいき》にしていた店である。学習院初等科のころから、詰襟の学生服を着た三島は、父に連れられてこの店へきていた。食が細く、食べることが苦手な三島は、「末げん」の鳥鍋だけは好んで食べたという。「末げん」は平岡家が一家団欒《だんらん》をした店なのである。

「末げん」で最後の晩餐をした三島の胸には、父母と一緒に過ごした記憶が重なっていたはずである。匂いたつ鳥鍋の湯気の奥で昔の記憶が揺れている。その記憶を断つ

軍鶏や鴨ロースなど様々な鳥の味を楽しめる鍋のコース

ためにも「末げん」に来なければならなかった。そういった胸のうちは、同行した「楯の会」四人は知らない。

十一月二十四日の三島は、午後六時よりしごく快活に食事をして、ビールを飲み、午後八時に帰った。帰りぎわ、若女将《おかみ》の武子《たけこ》さんが「またおいで下さい」と声をかけると、三島は「え？」と声をあげて「そういわれてもなあ。またあの世からでも来るか」と答えたという。

三島由紀夫（みしま・ゆきお　1925〜1970）
東京生まれ。東京帝国大学法学部卒。昭和24年『仮面の告白』で注目される。『潮騒』『金閣寺』『豊饒《ほうじょう》の海』四部作などの数々の名作を生んだ、戦後日本を代表する作家の一人。同42年自衛隊に体験入隊し、翌年「楯の会」を結成。そのメンバーと共に自衛隊市ヶ谷駐屯地で割腹自殺をとげた。

武田百合子と「赤坂津つ井」

カレーが食べられなくなったときは、もうおしまいだ、きっと。ここのところ暫《しば》らく、食物や水をのみ下すさいに、喉《のど》がごっくんと鳴って通りがわるく、やたらと咳《せき》ばらいばかりする、だるい、眠い、すぐにげえげえと吐きそう、――もうじき死ぬのかなと密《ひそ》かに心細く思っていたのだけれど、昨日の朝ごはんのときから、突然、元通りの私に戻ったのだ。

（『日日雑記』）

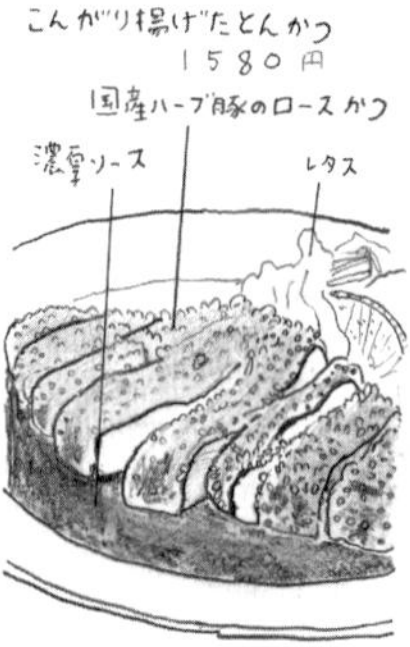

赤坂津つ井
東京都港区赤坂 2-22-24
泉赤坂ビル
03-3584-1851

武田百合子が作家として活躍したのは、夫の武田泰淳《たいじゅん》が死去した翌年（昭和五十二年、百合子五十二歳）に刊行した『富士日記』（中公文庫・田村俊子《とし こ》賞受賞）から、六十七歳で没するまでの十五年間である。五十四歳で書いた『犬が星見た――ロシア旅行』（読売文学賞）で百合子ファンが増え、『ことばの食卓』『遊覧日記』『日日雑記』などの作品を書きつづけた。

武田泰淳の最後の作品となった『目まいのする散歩』（野間文芸賞）は、夫の泰淳が口述し、百合子夫人が筆記した。泰淳の口述に対し、百合子が「そうじゃないわよ」と訂正し、二人のやりとりがそのまま出て、泰淳式口述筆記という方法が自在に駆使された。

「鬼姫の散歩」という項に泰淳が鬼姫（百合子）と出会ったころの話が出てくる。百合子は、終戦後、空腹のため、焼酎《しょうちゅう》をコップで飲むことを覚え、バクダンも眼ピリ（飲むと両眼がピリピリして、失明するものもあった）も飲んだ。いくらでも酒を飲みつづける百合子は「うわばみ」とも「正覚坊」ともよばれた。百合子が酔ってごみ箱の上にのって罵《のの》りわめいているのをひきずりおろすシーンに、「私は、その髪をひっつかんで歩いたような記憶がある。（私が、ひっぱってと口述すると、彼女は、ひっつかんだのだ、といって訂正した。）」

とある。口述する夫と筆記する妻との格闘がただならぬ物語となって展開し、前人未踏の手法であった。

百合子が十三歳年上の泰淳と神田小川町で同棲《どうせい》したのは二十三歳のときである。三年後に長女花が誕生したため、出生届とともに入籍した。百合子は神田の出版社・昭森社に勤務し、森谷社長が経営する階下の喫茶店兼酒場のランボオで働いていた。

そのころの百合子は武田泰淳著「もの喰《く》う女」に、房子という名で出てくる。はじめてのあいびきのとき、百合子は「食べることが一番うれしいわ。おいしいものを食べるのがわたし一番好きよ」と言った。百合子は貧しく、いつも素足《すあし》で、ブラウスも二枚しか持っていなかった。

日曜日の新宿で、ビールを飲みながら、百合子はたちまち三皿の寿司《すし》をたいらげた。それはムシャムシャという感じではなく、いつのまにかスーッと消えてしまった風だった。二〇〇円の紙製洋傘を買ったあと、百合子は露店《ろてん》で、豆へイ糖とハッカ菓子を買って歩きながら食べ、映画を見てアイスクリームを食べた。小田急沿線の鉄橋をわたってから電車を降りて川辺を歩き、ラムネを飲んで、新宿へひきかえし、渦巻《うずまき》パンを買った。その袋をかかえて、とんかつ屋へ入り、トマトソースのかかった厚みのカツレツと持参のパンで日本酒を飲み、電車のホームでアイスキャンデーを食べて、終

「津つ井」名物といえばこの
「ビフテキ丼」(サラダ付)

電車で帰った。

二度目のデートのときは、雨の神田駅で会い、値の高いとんかつ屋で食べてから寿司屋へ行って、のり巻を食べ、ランボオでカストリを飲み、一度別れて二つ三つの用をすませて、夜の九時ごろランボオへ行き、百合子とつれだって外へ出て、また同じとんかつ屋へ入って食べた。百合子はそのあと大福餅《もち》を買った。

「もの喰う女」は昭和二十三年、武田泰淳が北海道大学助教授を辞した三十六歳の作品で、この年に、神田小川町の不動産屋の二階で同棲生活をはじめた。

百合子と結婚すると、泰淳は、それまでの人間否定的なニヒリズムの作風から骨格の太い人間探究派へ進化していく。いかなる人間も肯定する百合子の明るい体質が乗り移り、『森と湖のまつり』(新潮社)、『秋風秋雨人を愁殺す』(筑摩書房)、『富士』(中公文庫)へと結実していった。

『富士日記』により作家武田百合子が誕生したのは、百合子が『目まいのする散歩』の口述筆記で文章のセンスを磨いたとする説に対し、埴谷雄高《はにやゆたか》は「百合子さん本来の芸術性によるものだ」と解説した。埴谷は、百合子が泰淳と結婚する以前からの友人で、若いころの百合子の直観力が、的確に本質をつかむ稀有《けう》の才能であることを見抜いていた。

百合子は武田泰淳を追悼する「婦人公論」のインタビューに答えて、「私は小説を書く武田というのではなく、いろいろ私にご馳走《ちそう》してくれる人ということで、つきあっていたみたいです。……ただ好きなものを女の私に食べさせて、自分は黙ってはずかしそうにカストリ焼酎を飲んでいる武田が、何となく好きになって、それから、二十五、六年一緒に暮してきてしまいました」

と回顧している。

ランボオ時代の百合子は、泰淳の「未来の淫女《いんじょ》」にも登場する。

「……註文を聴く、酒やコオヒイや南京豆《ナンキンまめ》や柿《かき》の種をはこぶ。ストオヴの灰をかき出し、泥炭《でいたん》をくべる。ゴミを掃き出す。一寸《ちょっと》客の傍に坐《すわ》つてビィルを飲む。ジャンケンの賭《かけ》をして勝つて腕をねじあげられ、頭から酒をあびせかけられる。ビンをフロシキにくるんで酒や肉を買ひに走る。計算どほり、客のすべてから勘定をうけとる」

『富士日記』は、昭和三十九年（三十九歳）から五十一年（五十一歳）に至る十二年間の日記である。武田家は昭和三十九年に、山梨県富士桜高原に山荘を建て、東京と山を往復する生活をはじめ、「山の日記」をつけはじめた。最初の部分だけは泰淳が書いた。

最初は七月四日（土）で、「大月駅で、おべんとうを買う。不機嫌だったハナも、おべんとうが気に入り元気よくなる」とある。七月十九日はトンカツ。十二月二十六日は「夜食は鳥肉入りのお雑煮」とある。

百合子と泰淳の一体化は、『富士日記』を書きはじめたときにはじまり、『目まいのする散歩』は、半分は筆記した百合子の作品といってよい。それは、泰淳が「現在、かなしむべきか、喜ぶべきか、私は鬼姫（百合子）なしでは暮してゆけなくなった」（「鬼姫の散歩」）と述懐していることでわかる。さらに「（何しろ、脳血栓のため、突然、ぼんやりしたり、はっきりしたりするのであるから。）」と弁明している。「貯金のある散歩」では「『おとうちゃんは、ボケの親分だね』と、突然女房にいわれて、ドキリとしたことがある」と書かれている。

中央公論社で、武田泰淳（『富士』）と武田百合子（『富士日記』）の担当編集者であった村松友視《ともみ》は、『百合子さんは何色　武田百合子への旅』（ちくま文庫）という評伝を書いた。武田百合子が、本来的に文学的才智《さいち》があったことは、この本に詳しく記されている。百合子は、女学校三年（十四歳）から五年（十七歳）まで、「かひがら」という同人誌のメンバーで、詩や随筆を書いていた。

三十五歳のとき、「かひがら」に、書簡形式で書いた「長野県から」には、娘の花が、毎日トンボをとってきて「男の子と二人で狭い部屋にとじこもって、とんぼを料

百合子の定番メニューだった「カレーライス」

理していました。尾を切ったり、頭をとったりして箱の中にいれて、棒でかきまわしたりして、死ぬとお墓で、半死半生のは病院を造って入院させて、布切などフトンにしてかけてやったりしていました」

と出てくる。百合子は「かわいそうじゃない」と一言いったが、その言葉が「色あせた、しなびた、弱いもの」であることを恥じている。泰淳とは異質の価値感が火柱をあげていた。

武田花は、木村伊兵衛《いへえ》賞を受賞した写真家である。泰淳が没したあと、百合子は一人娘の花と、東京都港区赤坂六丁目の赤坂コーポラスに住んでいた。

百合子は、花を連れてサウナへ行き、帰りに近所の赤坂津つ井でカレーライスやトンカツを食べた。「津つ井」は、筒井厚惣《こうそう》が昭和二十五年に茅場町《かやばちょう》に開いた店で「にっぽんの洋食」の店として知られる。昭和三十年に赤坂へ本店を出し、平成十九年に赤坂二丁目の南部坂に移転した。

武田花さんと、百合子が好きだった料理を少しずつわけて食べた。カレーライス、トンカツ、ビーフシチュー、どれもこれも和風味のなつかしい洋食である。

花さんは、百合子の法事を中目黒の長泉院で行ったとき、赤坂津つ井の洋食弁当を注文し、「ビーフシチューがあたたかくて、うまい」と参会者にほめられた。私は編集者時代、武田泰淳と北海道を旅したとき「うちの女房は凄《すご》いよ。自動車を運転しているとき、無暴運転のダンプ運転手を怒鳴った」という話を聞いた。百合子は手料理が上手で、原稿を赤坂コーポラスへとりに行って、シチューをご馳走になったこともある。土産に、中華街で買ってきた鳳尾《ほうび》魚の平べったい缶詰をいただいた。中国のシシャモみたいな魚を唐揚げにして缶詰にしたものだった。

親子三人で日比谷《ひびや》へ映画を観《み》に行った帰りの夕食は、泰淳はビーフシチュー、花さんはハンバーグ、百合子はエビフライにきまっていた、という。

晩年の百合子は、あまり料理を作らなくなり、花さんを連れて、気にいった店に行った。TBSの近くに寿司屋があった。いつもは出前寿司を食べているので、たまにはカウンターに座って食べてみたくなった。寿司屋に入ると、値が高そうなので、ちょっとしか食べなかった。

値段は想像していたよりはるかに高く、百合子の手持ちの金では足りなかった。寿司屋から赤坂コーポラスまで徒歩十分ほどだから、百合子は家へお金をとりに帰った。

そのあいだ、花さん（当時二十五歳）は、カタとして店のカウンターに置いていかれた。二十分たっても百合子は店へ戻ってこず、花さんは「家にもお金がないのかしら」と不安になり、寿司屋のナプキンを畳むのを手伝って待っていた。そうこうする

和風ブイヤベースといった趣の「マルセキユ鍋」

うち、百合子が戻ってきた。それ以来、赤坂の寿司屋へは行かなくなった。「富士桜高原の山荘はどうなりましたか」と花さんに訊《き》くと「古くなって、蝙蝠《こうもり》が棲《す》みついたので、家は壊し、更地だけが残っている」とのことであった。

武田百合子（たけだ・ゆりこ　1925〜1993）
神奈川県生まれ。昭和26年、作家の武田泰淳と結婚。泰淳の晩年は口述筆記をするなど作家の夫を内助するが、泰淳の没後、同52年に初の著書『富士日記』を刊行。田村俊子賞を受賞し、随筆家として多くの読者を得る。同54年『犬が星見た――ロシア旅行』で読売文学賞を受賞。

山口瞳と「左々舎《ささや》」

夏ならば縁台を出してもらって、浴衣《ゆかた》と団扇《うちわ》と蚊遣火《かやりび》でもってナオシかなんか飲みたいという感じの店だった。

神田明神下の左々舎へ行く。初物の河豚《ふぐ》。

タクシーの運転手に明神下が通じたなんてことまで嬉《うれ》しい。

（いずれも『男性自身』）

左々舎
東京都千代田区外神田 2-10-2
03-3255-4969

山口瞳は料理店通である。

浅草なら並木の藪《やぶ》の鴨《かも》なんばん、金沢ならつる幸の鰯《いわし》の摘入《つみ》れ、横浜住吉町《すみよしちょう》は八十八《やそはち》の鰻丼《うなどん》、倉敷は千里十里庵《ちりとりあん》の焼き蟹《がに》、なんてのがすぐに思い浮かぶ。

そういった料理店のひとつひとつは『行きつけの店』（新潮文庫）を読めばわかるが、山口瞳にあっては「うまければいい」とはならない。といったってまずい料理も困るわけで、料理店主人の背後にからむ世間を味わうのである。

このへんが文士の舌のややこしいところで、料理店なり居酒屋が背負っている情しがらみや意地が味のうち、で自ら「偏軒」と号して落款《らっかん》まで作った「偏見の文士」だ。好き嫌いがはっきりしている。

高倉健主演で映画化された『居酒屋兆治』は、国立《くにたち》のはずれ谷保《やほ》にあった小さな焼き鳥屋「文蔵」がモデルであった。「文蔵」はカウンター数席だけの小さな焼き鳥屋で、一見すると掘建て小屋のような粗末な造りであった。値が安く、無口な主人がモクモクと豚の内臓を串《くし》にさして、奥さんが焼く。いい味に仕上げる店だが、まさかこの店が『居酒屋兆治』として全国に知れわたるとは、だれも思っていなかった。

ここにあるのは山口流にアレンジされた人情話であって、わけあって会社勤めをやめ、焼き鳥屋として生きる男の一途《いちず》さが味なのである。居酒屋の風情《ふぜい》、客への接しかた、店の主人の過去、恩ある人への礼儀といった作法のディテイルが、山口流人生観によって小説に昇華する。

　山口瞳は国立在住の作家、画家、彫刻家を集めて「くにたち山口組」と称して宴会を開き、私もその一員に加えていただいた。

　山口瞳は、料理通であることをむしろ嫌った。料理通ではなく、料理店通になったのは、三十一歳で寿屋《ことぶきや》（現・サントリー）に入社してからと思われる。寿屋のPR雑誌「洋酒天国」の編集にたずさわったとき、同僚に開高健、柳原良平がいた。『江分利満《えぶりまん》氏の優雅な生活』で直木賞を受賞したのが三十六歳である。

　直木賞作家となっても、サントリー宣伝部員の立場を捨てなかった。そこには恩ある会社へのかたくなな意志がある。サントリー時代にはバー調査という仕事があった。かたっぱしからバーを廻って、一時間のあいだにトリスが何杯売れるか、ソーダが何本出るか、他社の商品は売れているか、オツマミは何が喜ばれているか、などなどを調査して報告する。

　困ったのは客の来ないバーへ行ったときで、カウンターで一人で飲んでいるとやたらと無気味になる。池袋、五反田、大井町が怖かった。見知らぬ店で、無言で一時間

「桜鯛の塩焼きと桜蒸し」

にわたってむかいあうのは難行であった、という。

　マダムの性格、店構え、バーテンダーの腕、客質のよしあしを調べるプロの店廻りである。やっているうちに、酒肴《しゅこう》の技、酒乱客のからみ方、女たらしの客、はやる店の気配、つぶれそうな店などが見えてくる。なにぶん秘密調査員だから、こちらの正体がばれてはいけない。店からみれば、厄介な客である。調査員でありつつも、ときには店のカウンセラーとなることも、サントリー宣伝部員としての職務だった。

「週刊新潮」に「男性自身」の連載をはじめたのは、三十七歳（昭和三十八年）からである。その翌年、国立町東区へ転居した。私の家のすぐ近くで「近くに山口瞳が越してきたぞ」と町の話題になった。『居酒屋兆治』（原題は『兆治』）を「波」に連載しはじめたのは五十二歳である。

　昭和六十三年（六十二歳）、国立の画廊喫茶「エソラ」で、山口瞳書画展が催された。そのとき、皮ジャンを着て、二五〇ccのバイクに乗った男がやってきて、「冬の夜に風が吹く」という大きな書を買っていった。かなり高額な値段がついていた。

　現金でポーンと買ったので、「はて、この人は何者なのだろうか」と国立在住の者はいぶかった。画廊主の関マスオ氏が「神田明神下でふぐ料理店をしている人らしい」という。それが左々舎《ささや》主人の落合正文であった。

落合さんは山口瞳の熱烈なファンで「男性自身」を読んでいて、書画展があると知ると、いても立ってもいられずに貯金をおろして買いにきてしまったわけだ。

そうと知っても山口瞳は、すぐには左々舎へ行かなかった。へそ曲りだから、自分の書画を買った料理屋は、かえって用心する。左々舎へ行ったのは、その二年後である。「週刊新潮」(平成二年六月二十一日号)に、左々舎が出てくる。

「五月二十八日……千代田区外神田と言うよりは神田明神下と言ったほうがピッタリする河豚《ふぐ》の左々舎《ささや》へ行く。主人の落合正文さんは僕の展覧会があると一番乗りでやってくる人なので、一度飲みに行こうと思っていた。あまり御大層でない河豚料理の店と懇意になりたいという考えもあった。むろん、いまは河豚はなく、いわゆる季節料理であるが——。(中略)明神下の、つまりは左々舎のような店と親しくなって、十日に一度ぐらいはそこへ寄って自前で飲むということになったらどんなに楽しく、どんなに気持が清々することかとよく思ったものだ。いま、そのくらい遊んでも暮しに響くようなこともなく、現実に小体《こてい》な、東京者の言うざっかけない店を知ることになったとき、昔のようには酒の飲めない、馬鹿《ばか》のやれない体になってしまっているのが残念でならない。

『それが人生だよ。人生なんてそんなもんなんだよ、きっと』

内心の僕が僕に囁《ささや》くのである」

落合さんに「そのときはなにを出したのか」と訊《き》くと、タケノコと鯛《たい》一式であった。

そのころの左々舎はカウンター八席と四畳半ほどの奥座敷ひとつの小さな店だった。

かつて、神田明神の男坂には開化楼という料亭があり、山口瞳は高橋義孝《よしたか》に何度も連れていってもらった。左々舎へ行ったとき、すでに開化楼はなくなっていた。隅田川の川開きの日に、花火があがるたびに、首をのばすようにして酒を飲んだと、回想している。

落合さんは料理人になる前は四年間、繊維問屋で働いていた。板前になったのは二十四歳で、神田明神調理部（長生殿）で修業し、結婚式用の料理を作った。ふぐ調理免許をとって、銀座の老舗《しにせ》を二軒まわってここへ店を開いた。いまは山口瞳が行った店から二十メートルほど離れたところに新しい店ができている。

江戸の情趣が残る粋《いき》な店で、神田明神の石段をトントーンと下りると、新派劇に出てくるような小道があり、そのさきの十字路を左に曲ったところにある。

いまも神田明神の神輿《みこし》をかつぐ。いつもニコニコしている純情な板前で、気っぷがよく、男前で、しかも値が安い。

玄関さきに笹《ささ》と南天の植え込みがあり、提灯《ちょうちん》がぽっと燈《ひ》をともしている。下町の気

京都・大枝の知り合いから届いた朝掘りの塚原筍

配がある小料理屋。

平成六年の「男性自身」（十月十三日号）には大相撲九月場所のあと、エソラのマスオさんと岩橋邦枝《くにえ》さんを連れて左々舎へ行ったことが書かれている。

「九日目の相撲はとてもよかった。久しぶりに堪能《たんのう》し酔った。神田明神下の左々舎へ行く。初物の河豚。タクシーの運転手に明神下が通じたなんてことまで嬉しい」

このとき山口瞳は六十七歳で、翌年の八月三十日に逝去された。

山口流の「酒の飲み方」という流儀がある。

小料理屋へ行くと、銚子《ちょうし》、盃《さかずき》、肴《さかな》、箸《はし》、箸置《はしおき》が運ばれてくる。女将《おかみ》が最初の一杯のお酌をしてくれる。これを飲む。ところが、「正しい酒の飲み方」を知っている人がいない。盃をどう持って、どう飲むか。山口流はこうである。

「まず、盃を持ってくれたまえ。無意識でいい。そうだ。誰でも、ヒトサシユビとオヤユビで盃を持つだろう。ナカユビを盃の下部に軽く添える人もいるかもしれない。この際、ヒトサシユビとオヤユビは、盃の円の直径を指し示す形になる。そうやって盃を持ったら、これを唇に近づける。そうして、ヒトサシユビとオヤユビの中間のところから飲むのである。この際に、舐《な》めるようにではなく、盃の中の酒を口の中に放りこむようにして飲む」（『礼儀作法入門』）

これが正解で、見た目のキレイな酒の飲み方である。つぎは酒の注《つ》ぎ方。

「銚子を持つ。それをそのまま横に倒せばいい。オヤユビと、残りの四本のユビで持つ。そうして、オヤユビを下に向けるようにして倒すのである。相手に向かって縦《たて》に突きだしてはいけない。銚子はひねってはいけない」

さらに、箸と箸置をどう置くか。誰もが箸置は左側にして、そこへ先端を左にして箸を置く。しかし、内田百閒《ひゃっけん》は、箸置を右側に置いた。やってみると、作法に反した箸置を右側にしたほうが早く持てる。一挙動で持てる。さてどちらがいいか。

山口流は、こういった作法を説きつつも、

「それなら、私は常にそのような動作で飲んでいるかというと、そうではない。礼儀作法とかマナーとかいうものは、知っていてそれを行なわないところに妙諦《みょうたい》がある」

箸袋をどうするか。山口流は、くしゃくしゃにして、洋服ならポケット、着物なら袂《たもと》に入れる。すばやく行う。すると膳《ぜん》や卓のうえがさっぱりする。

こういった作法は、歴戦の料理屋観察官の目であって、どこまでも山口瞳流である。

「私の好きな」というエッセイに、こういうことが書いてある。

別にマダムに惚《ほ》れたわけでもなく、酒がうまいのでもないが、手軽で便利なので通っている酒場がある。マダムも従業員も狎《な》れてきて、ちょっと私に対する扱いがゾン

浜納豆を添えて食べる「桜鯛の薄造りと白子」

ザイになってきている。「ははあ、もうこのへんが汐時《しおどき》だな」と思いながら飲んでいる。そのへんの間《あわい》といったものが、これも捨てがたい。

これはだれでも経験があるだろう。「もうこのへんが汐時だな」と思いながら飲む酒をまずいと思わず、この世の無常を味わっていく無頼漢の舌。その間が捨てがたい、というところに山口瞳の二枚腰の技がある。文士の舌は、流れていく時間をしかと見ている。

山口瞳（やまぐち・ひとみ　1926〜1995）
東京生まれ。編集者を経て、昭和33年寿屋（現・サントリー）に入社。PR誌「洋酒天国」でコピーライターとして活躍。同38年『江分利満氏の優雅な生活』で直木賞を、同54年『血族』で菊池寛賞を受賞。31年続いた「週刊新潮」の名物コラム「男性自身」でも知られる。

吉村昭と「武蔵《むさし》」

うまい酒をつくってくれている人に、心からお礼を言いたい。趣味というものの全くない私には、酒を味わうことが唯一《ゆいいつ》の楽しみであるからだ。

（「緑色の瓶」『わたしの流儀』）

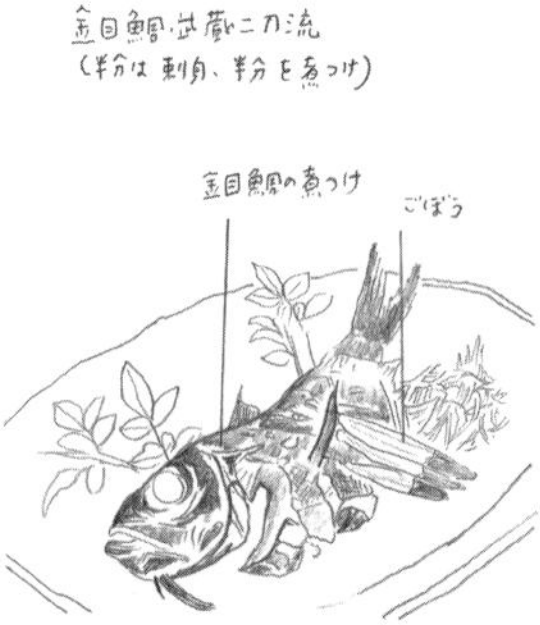

あぶり処　武蔵
東京都武蔵野市吉祥寺本町 2-10-13-201
0422-20-6343

「武蔵」は晩年の吉村昭が親しく通った居酒屋で、吉祥寺本町《きちじょうじほんちょう》二丁目の繁華街にある。この店の温泉湯豆腐を肴《さかな》に、新潟の銘酒「鄙願《ひがん》」で一杯飲《や》るのが吉村流であった。豆腐が温泉の湯のなかで、ふんわりと溶け、さながら秋の雲のような食感になったところが酒にあう。

ガラスの広いネタケースにはキンキ、キンメダイ、ブリ、アジなど新鮮な魚が並んでいる。魚一匹を注文すると、半身を刺身にし、あとの半身は煮たり焼いたりするのがこの店の流儀で、「武蔵二刀流」という。タタミイワシ、サザエ、ホタテ、シシャモ、ホヤ、ホッキ貝など、飲んべえが好む肴がそろっている。コロッケも人気の一品だ。

吉村昭は、カウンターに坐《すわ》って、静かに、楽しそうに、ひとまずはビール小壜《こびん》を飲み、あとは日本酒を飲んでいた。店主の宮本博道《ひろみち》は、最初のうちは、なんの仕事をする人かわからなかった。何回めかに、客のひとりが「歴史小説家の吉村昭だよ」といった。

吉村昭は居酒屋を捜す名人であった。取材で地方へ出かけ、小料理屋で酒を飲むのが楽しみで、勝負勘があった。店を選ぶコツはまず客層をたしかめる。細目に開けたガラス戸から店内をのぞき、中年の男たちが大人しく酒を飲んでいれば大丈夫。

吉祥寺は学生むきの店が多いが、この店は中堅サラリーマンの客ばかりだ。武蔵という名が、『戦艦武蔵』に重なったのだろうか。『戦艦武蔵』は、三十九歳の吉村昭が記録文学に開眼《かいげん》した作品である。戦艦武蔵の建造から沈没までを、感傷をまじえぬ硬質の筆致で書き、一躍注目をあびた。

店主に「どうして武蔵なのか」と訊《き》くと、「姓が宮本だから武蔵にした」という。なんだ、そういうことか。店主は、ほがらかで実直で、そういった性格も気にいられた。値段が手ごろで、庶民的な店が吉村昭のお気に入りである。

『わたしの普段着』（新潮文庫）には愛媛県宇和島の「朝のうどん」が出てくる。早朝五時からはじまり八時すぎに閉めてしまう店で、客は地元の人だけである。勤めに出る人や市場に魚を仕入れに行く人がそこで朝食をとる。看板がない店で、どの家がうどん屋なのか捜すのに苦労した。客が自分で金笊《かねざる》に入れて熱湯にひたして、丼《どんぶり》に入れる、セルフサービスの店だ。宇和島へ行くとたちまち「うどん頭」になってしまう。あるいは吉祥寺の立ち食いうどん店へ入ろうとして、妻（津村節子）に、「年がいもなく、みっともないからやめなさい」と注意された。

宇和島のGという料理店で出す鯛《たい》めし、市場で売っている蒲鉾《かまぼこ》、ホータレ鰯《いわし》という小ぶりの鰯が好物だった。

カウンター前の大きなネタケース
には様々な季節の魚がならぶ

長崎では、皿うどんとちゃんぽんの味にとりつかれ、町の人がすすめてくれる店を十数軒食べ歩き、Ｆという店にたどりついた。太めの皿うどんが好物だった。

札幌では「やまざき」というバーでウィスキーを飲み、そのあと近くにある店で味噌《みそ》ラーメンを食べるのを常としていた。ところが、そのラーメン屋が消えてしまった。店主がバクチ好きで、パチンコ・競馬に熱中し、借金がかさんで夜逃げした。料理随筆でも、ことの顚末《てんまつ》を書く。

酒がめっぽう強い。五十四歳のころ、佐々木久子が編集していた雑誌「酒」の文壇酒徒番付で、東の横綱になった。酒量も多いが、酔って乱れない。悠然と酒を愉《たの》しんだ。

吉村流の酒はチャンポンで、ビール、日本酒、焼酎《しょうちゅう》、ウィスキーなど、飲むものを順番に変えていく。俗にチャンポン飲みは二日酔いするといわれるが、「いろいろの酒をまぜたほうが軀《からだ》によい」という信念がある。

新宿にはなじみの店が百軒あった。それを聞いた「週刊新潮」の女性記者が「事実ですか」と取材にきた。問われるまま、地図を目の前にして店名を口にし、七十ほど答えたところで、よくわかりましたと言われた。それらの店は、ただのぞいただけの店ではなく、なじみの店であった。

その後酒量が減って、午後六時前にはたとえ旅先であっても酒を口にしなくなった。外で飲むときは六時以後、自宅では九時以後、という「酒の戒律」をきめた。

妻の大学時代の友人が家にきて鍋《なべ》料理を食べるとき、「少しお酒を飲みましょうよ」といって妻と友人は杯を手にするが、一度きめた戒律だから、断じて飲まない。妻は「犬みたいでしょう。おあずけと自ら命じて、それをあくまで守っているのよ」と友人に説明した。

津村節子は昭和四十年に『玩具《がんぐ》』で芥川賞を受賞した。吉村昭はそれ以前に四回芥川賞候補になっていた。夫婦がともに小説家であることは、軋轢《あつれき》を生みやすいが、吉村夫妻は仲のいい「おしどり夫婦」であった。

妻が芥川賞を受賞した一年後に、吉村昭は『星への旅』で太宰治賞を受賞し、つづけて書いた『戦艦武蔵』がベストセラーになった。津村節子も、山川登美子《とみこ》の伝記小説『白百合《しろゆり》の崖《きし》』(昭和五十八年)、真珠養殖を題材にした『海の星座』(昭和五十九年)、女花火師を描く『千輪の華』(昭和六十年)と新境地を開いていく。

一軒の家に小説家が二人いた。その精神的格闘がいかばかりのものかは、外部の人間には想像しがたいが、吉村昭はよき夫であり、よき親であり、通常の社会人としての立場をつき通した。男のなかの男である。

トレンチコートを着て、目が鋭いため、しばしば刑事に間違えられた。町を歩くときも小説のテーマを考え、周囲を観察するから、どうしても刑事の目になる。土木業者、工務店店主に間違えられたこともある。随筆集が出ることになり、編集者が「表紙裏に酒を飲んでいる写真をのせたい」と頼んできた。浅草にある行きつけの郷土料理店Aで撮影することになり、出かけて行くと、店主が呆気《あっけ》にとられた顔で見ている。その店には十年ほど通っていたが、店主は吉村昭を、近くの八百屋のオヤジだと思いこんでいた。

吉村昭が書く歴史小説は、精巧緻密《ちみつ》で伝記資料を徹底的に読みこんでいる。事実に迫ろうとする執念が強い。『戦艦武蔵』を執筆するときは、資料にくわえ、八十七人もの人に会って取材している。たったひとりで会いに行った。それが、素っ気ないほどの無機質な文体で、静かに提示される。

その静けさに読む者は圧倒される。激しく考えて静かに語る。吉村作品を読んだ人は、さぞかし手厳しい人だろうと怖《おそ》れるが、そのじつ心優しい人であった。心の優しさを維持するためには強い精神力がいる。

平成十八年七月三十一日、自らの手で点滴をはずし、ついで首の下に埋めこんだカテーテルポートの針をひきぬいて没した意志は、「強靭《きょうじん》な精神に基く自然死」として、

吉村が必ず頼んだという嬉野温泉直送の「温泉湯豆腐」

吉村昭という小説家を完結させるものだった。

吉村昭の料理エッセイは、「朝のうどん」にしろ、「幻のラーメン」にしろ、そこに人間が生きていく姿勢がからんでくる。「味噌漬《みそづけ》」という随筆がある。いきなり、秋田から家出少女が訪ねてきた。津村節子の小説の愛読者で、「どのような仕事でもするから家に置いて欲しい」と、泣きながら頼まれた。高校を卒業したての農家の一人娘だった。婿《むこ》養子を迎え入れることになったが、それがいやで家出してきた、という。家にしばらく泊めてやり、実家に連絡して父親がひきとりにきて一件落着した。ところが翌早朝、リュックサックを背負った父親がまた秋田からやってきて、大量の大根の味噌漬をとり出して置いていった。そこで、娘にいったひとことを思い出す。

「お礼なんかいらないけど、気がすまないようなら故郷に帰って、家でつくった味噌漬でも送ってくれればいい」

なぐさめるつもりで言ったひとことが、父親に伝わった。その後、妻に礼状が一度だけきた。味噌漬を食べるたびに、娘さんの顔が浮かぶようになった。

「店じまい」は、近くの鮨《すし》屋の話である。鮨屋の主人が、鮨の入った大きな桶《おけ》を持ってきて、店仕舞いすることを告げ「長い間、お世話になりました」と、妻とともに頭を下げた。店主はおだやかな眼をしていたが、妻君は涙ぐんでいる。

「困ったね」

と、それだけしか言えない。

料理店の話を書いても、店名を出すことはほとんどしなかった。味覚は人によって違うから、その記事を読んだ人がその店へ行って満足するとは限らない。「うまい」と書いた店へ行った読者が失望するかもしれない。

こういった注意ぶかいスタンスには、歴史小説家としての吉村昭の眼がある。「うまい」「まずい」は主観できまる。

晩年になると、なじみの店が一店一店と眼の前から消えていった。鴨肉《かもにく》を扱う小料理屋が、店の借料が高くなったことから、故郷の新潟市へ去っていった。一駅隣の西《にし》荻窪《おぎくぼ》の店が、女店主が疲れたからといって閉店した。鮨屋も店仕舞いするし、なじみの店はすべてなくなり、新たな店を求めて、さまよい歩くことになった。「感じのよさそうな店だと思って入ると料金が驚くほど高かったり、注文した品が待てど暮せど出てこなかったり、そうした店には二度と入らない」(「貧乏神」)。はっきりしている。

かつては「縁起のいい客」と呼ばれ、吉村昭が飲んでいるとつぎからつぎと客が入ってきて、「福の神」といわれたのが、「貧乏神」になった、と嘆いてみせる。

そんなとき、「新たに開拓したMという店が私の唯一の頼みの綱になり、入ってゆ

一匹の魚の半分
を刺身、半分を
焼くか煮るのが
「武蔵二刀流」。
写真は、金目鯛
の半煮と半刺

く と愛想よく迎えてくれるが、私は自分が貧乏神だと気づかれぬよう、息をひそめて酒を飲んでいる」。

このMという店が「武蔵」である。吉村流のしきたりに従えば店名を出してはいけないことになるが、「Mという店」では記事にならないので、あえて店名を出すことにした。

吉村昭（よしむら・あきら　1927～2006）

東京生まれ。学習院大学中退。昭和41年『星への旅』で太宰治賞を受賞。同年の長編『戦艦武蔵』で注目され、以後、骨太な歴史小説や戦史小説を次々と発表する。代表作に『漂流』『羆嵐《くまあらし》』『生麦事件』『桜田門外ノ変』『破獄』『冷い夏、熱い夏』など。妻は作家の津村節子。

向田邦子と「湖月」

知り合いの小料理屋で、水菜《みずな》とコロの鍋《なべ》でビール一本。
うちの近くまでくると、すぐ前を一人の坊さんの卵が歩いてゆく。
（「下駄の上の卵酒」『夜中の薔薇』）

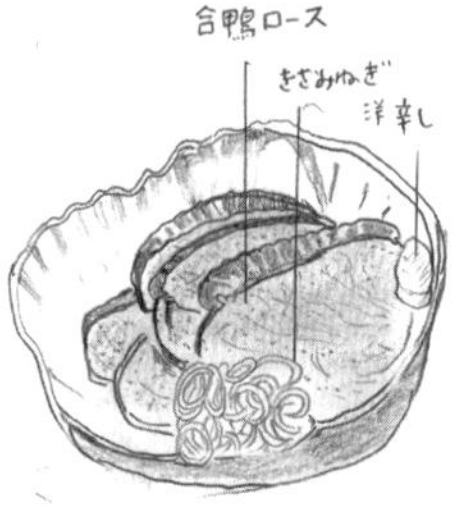

湖月
東京都渋谷区神宮前 5-50-10
03-3407-3033

最初に向田作品を読んだのは、昭和五十三年に文藝春秋から刊行された『父の詫《わ》び状』だった。巻頭にいきなり伊勢海老《いせえび》の到来物が出てくる。伊勢海老を三和土《たたき》に出してやったものの、応接間に這《は》い出し、黒塗りのピアノの脚は無残な傷がつき、絨毯《じゅうたん》にはしみがついたことがある。それで冷蔵庫にしまうのだが、どうにも寝つけない。

あるいは父が宴会帰りに持ち帰った折詰の話が出てくる。眠っていた姉弟三人は叩《たた》きおこされて、眠い眼をこすりながら、折詰のごちそうを食べさせられる。鯛《たい》の尾頭つきをまんなかにして、かまぼこ、きんとん、海老の鬼がら焼、緑色の羊羹《ようかん》。向田の父は保険会社の支店長をつとめる謹厳実直なサラリーマンであった。

子どものころ、潮干狩《しおひが》りへ行った日の夜、寝入りばなを空襲警報で起こされた。暗《くら》闇《やみ》のなかで、昼間採ってきた蛤《はまぐり》や浅蜊《あさり》を持って逃げ出そうとすると、父にしたたかに突きとばされて「馬鹿《ばか》！　そんなもの捨ててしまえ」と叱《しか》られ、台所いっぱいに蛤と浅蜊が散らばった。こういったシーンは、くすぶったドキュメンタリー映画のようだ。向田の作品は、画像が鮮明で胸にちくりと刺さる。そのままおもてへ出たら、あたりは真赤になり、前のそば屋が焼夷弾《しょういだん》の直撃で、一瞬にして燃えあがった。

エッセイでありながら物語性が強く、せつない。火に追われて逃げまわり、父は「最後にうまいものを食べて死のうじゃないか」と言い出した。翌朝、ドロドロに汚れた畳の上にうすべりを敷き、泥人形のような親子五人が車座になってごちそうを食べた。日頃は怒りっぽい父が妙にやさしくなり、「もっと食べろ。まだ食べられるだろ」と言う。おなかいっぱい食べてから親子五人は河岸《かし》のマグロのように並んで昼寝をした。

向田邦子の作品は、悲惨なシーンを描いても、食事のシーンで救われる。このときのごちそうは、埋めておいたさつまいもを、とっておきのうどん粉と胡麻油《ごまあぶら》で揚げた精進あげとご飯であった。「自分の家で食べる料理にひそむ千夜一夜物語のようなドラマ」が作品になる。

白い割烹着《かっぽうぎ》で赤くふくらんだ母の手首には、いつも二、三本の輪ゴムがはまっている。『父の詫び状』には、このほか「海苔《のり》巻《まき》の端っこ」「学生アイス」「薩摩《さつま》揚《あげ》」など食べ物の話ばかりが出てくる。

向田は昭和五十三年、妹の和子《かずこ》さんと赤坂に小料理屋「ままや」を開店した。そのころNHKディレクターだった和田勉氏に連れていかれた。カウンターから「あさりバター焼五五〇円」「人参《にんじん》のピリ煮一五〇円」「あじたたき六五〇円」と書かれた品書きがぶらさがっていた。料理の品数が多く、赤坂にしては庶民的なつくりであった。かみなり豆腐と鯖《さば》の銀紙焼きとアスパラの生ハム巻きを肴《さかな》にして日本酒の立山を飲ん

シンプルな素材で滋味豊かな
「水菜鍋」

でいると向田邦子が現われて、カウンターに座り、和田氏に会釈《えしゃく》した。

向田邦子脚本・和田勉演出のＮＨＫ連続ドラマ『阿修羅《あしゅら》のごとく』が放送されたのは、昭和五十四年であった。このドラマでは、夫の浮気を知った妻がいきなり吐く。ゲーゲーと吐く。日本のホームドラマは、家族が仲良く暮らすものが主流であったのに、向田ドラマではどぎつくののしりあうのだった。

出版社をやめた年の二月、私は向田邦子にはじめて原稿を依頼して、エッセイを書いていただいた。これは女学校時代の思い出話で「茶巾絞《ちゃきんしぼ》りの料理の教材として、さつまいもを半分学校へ持っていくとき、母親に、うしろめたい気がした」という内容だった。２Ｂの鉛筆で書かれた、スピード感のある柳の葉のような文字であった。

ＮＨＫドラマ『阿修羅のごとく』以降、向田邦子が描く料理は、甘美なるものより、一触即発の爆弾へ変貌《へんぼう》した。どこの家にでもあった家庭料理が、もうひとつの危機をはらんでいた。食卓には、敗戦後の焼け跡の焦《こ》げくささがくすぶり、せつない夕暮れの匂《にお》いのなかに郷愁があるのだが、料理皿もまた、じっと読者の眼線をうかがっている。

昭和五十五年（五十一歳）、「小説新潮」に連載した短編「かわうそ」「犬小屋」「花の名前」で直木賞を受賞した。同年十二月に『思い出トランプ』として刊行される以前の受賞であった。「かわうそ」は脳卒中で倒れる男の話である。顔がかわうそに似ている妻は、夫の目の前で赤いクリーム・ソーダを飲んでいる。いい年をして、ストローをぶくぶく吹くものだから、白いあぶくがたつ。赤いクリーム・ソーダは夫にとっては死を暗示する恐怖である。それに気がつかない妻は、楽し気に口に吸いこんだストローから赤いソーダ水をこぼす。

ここには飲み物が凶器と化す一瞬の闇がある。男は障子につかまりながら、気がつくと庖丁《ほうちょう》を握って、メロンを切ろうとして倒れるのだ。

「犬小屋」は家へ出入りする魚屋カッちゃんの話。魚屋の小僧カッちゃんは、達子が飼っていた秋田犬にフグの腹を食べさせて、すんでのところで愛犬影虎《かげとら》は死ぬところだった。カッちゃんは謝りにきて、それ以来、影虎の世話をして、巨大な犬小屋を作る。そのうち、カッちゃんは睡眠薬を大量に飲んで犬小屋で自殺をはかり、未遂に終る。この話にも料理が出てくるが、全体に魚くさい筋だ。意図的に生ぐさい話を作った。

「花の名前」では夫の愛人が妻に電話をかけてくる。ホテルのロビーで会い、妻が「ご用件は」と愛人に訊《き》くと、コーヒー茶碗《ぢゃわん》の把手《とって》をもてあそんでから「こういう者がいるということを、覚えておいていただこうとおもって」と言われ、コーヒー代を割り勘で払って帰ってくる。妻は、夫の愛人がコーヒーのスプーンを動かすゆっくりした手つきを、しかと見届ける。

連作小説集『思い出トランプ』には、会社のOLと関係をもった夫が妻の不義を疑う「三枚肉」、妻に逃げられた男が、連日のように陽来軒の固い焼そばを食べる「マンハッタン」、「父」が死ぬときにはらわたの匂いがたちこめる「ダウト」、不倫相手の男が女のアパートにやってくる「りんごの皮」などが収録されている。男が、女に「女は瞼《まぶた》の裏に虹《にじ》が出るというが本当か」と尋ねる。女は「虹は見たことないが、瞼の内側からあかりがともって、ローストビーフの真中の、生焼けのところみたいな色になることはある」と答える。

破局をむかえて、ゆくえの見えない情愛。倦怠《けんたい》の男女のあいだで、料理は冷えて腐り、むしろ呪詛《じゅそ》しているかに見える。

向田邦子は料理が上手な人であった。気にいった料理に会うと、一瞬瞑想《めいそう》してその味を記憶にとどめ、自宅で再現してみせた。シナリオや小説を書くことと同じレベルの情熱を料理にかけた。向田料理は居酒屋「ままや」の酒肴《しゅこう》となり、いっそうみがきがかかった。「わかめのいためもの」「海苔吸い」「れんこんのきんぴら」「さやいんげんのお浸し」「ねぎ焼き」「トマトの青じそサラダ」。どれをとってもプロの板前には

穴子、百合根、鯛、銀杏が入った「かぶら蒸し」

思いもつかないひらめきがある。傑作はゆで卵のソース漬け。ゆで卵をウスターソースに酒少々を加えたつけ汁に二晩つけこんだだけのものである。これらの料理は『向田邦子　暮しの愉しみ』（新潮社　とんぼの本）に収められている。同書には、行きつけの店として、神宮前五丁目の「湖月」が遠慮がちに紹介されている。住んでいた南青山のマンションから歩いて五分のところにある京料理店。『夜中の薔薇《ばら》』に「知り合いの小料理屋で、水菜とコロの鍋でビール一本」と書いてある。

カウンター九席に、和室一間の小さな店である。代官山小川軒や日本橋たいめいけんのような有名店は店名を出しても、湖月だけは自分の「秘密の店」として名を出さなかった。

一週間に一、二度、サンダルばきで店へ飛びこんできて、さっと食べた。ビール少々と季節の料理を少々。旬《しゅん》の魚のお造り、野菜のごまあえ、煮物と最後にごはん。向田邦子の台所みたいな店だから、人に教えたくなかった。亡《な》くなられた店のご主人とは家族同様のつきあいだった。

奥様の築山幸子さんとも気があい、とくに合鴨《あいがも》ロースがお気に入りで、夜食用に家に持ち帰ることもたびたびあったという。ふっくらとして旨《うま》みの深い鴨ロースに、辛子をたっぷりとつけて食べた。

同行していただいた向田和子さんには『向田邦子の青春』『かけがえのない贈り物』『向田邦子の遺言』（いずれも文春文庫）や『向田邦子の恋文』（新潮文庫）といった著作がある。『父の詫び状』は、父だけではなく家族総出演だったから、みんな怒りまくったという。

かぶら蒸しと水菜鍋もお気にいりで、こういった手のこんだ料理は、プロでないと作れない。

「十代は、おなかいっぱい食べることが仕合せであった」という。「二十代は、ステーキとうなぎをおなかいっぱい食べたいと思っていた」（いずれも「食らわんか」）三十代はフランス料理と中華料理にあこがれ、四十代に入ると日本料理がおいしくなった。量よりも質、になった。

昭和五十六年八月二十二日、台湾旅行中に航空機事故で亡くなる二カ月前、ブラジル、アマゾンを旅した。

「アマゾン河は濃いおみおつけ色である。仙台味噌《みそ》の色である。そこへ、八丁味噌のリオ・ネグロとよばれる黒い川が流れ込む。人はアモーレ（愛）があれば一夜で混血するが、ふたつの河は、たがいにゆずらずまじらず、数十キロにわたって、河の中央に二色の帯をつくってせめぎ合う」（「アマゾン」）

一夜干しにしてうろこを立たせた「ぐじの焼きもの」

アマゾンも向田邦子の目を通すとこうなる。

四十八歳から没する五十二歳までの四年間に傑作が集中しており、「五十代の樋口《ひぐち》一葉」は絶頂期に不慮の死をとげた。

料理が好きで、友人やきょうだいと一緒にあれこれと食べながらも、こと小説になると、舌はしたたかに観察する。それは『思い出トランプ』を読めばわかる。ひと一倍勘が鋭利で、予知能力が強い。料理は人と人をつなぎ、百戦練磨の舌の嗜好《しこう》を刺激しつつも、状況によっては修羅場をも演出することになる。

向田邦子（むこうだ・くにこ　１９２９〜１９８１）
東京生まれ。実践女子専門学校を卒業後、編集者を経て放送作家となり、「時間ですよ」「寺内貫太郎一家」「阿修羅のごとく」「あ・うん」など数多くのヒットを飛ばす。昭和55年「花の名前」ほかの短編（『思い出トランプ』所収）で直木賞を受賞するが、翌年、台湾を取材中に飛行機事故で急逝。『父の詫び状』を始めとする随筆集も人気が高い。

開高健と「鮨《すし》　新太郎」

私はどんなものでも食べる。

大阪生まれのせいだろうか。食べることには、目がない。

朝、目をさまして、まず考えることは、さて今日はどんなものに出会えるだろうかということである。

（「ピンからキリまで」『巷の美食家』）

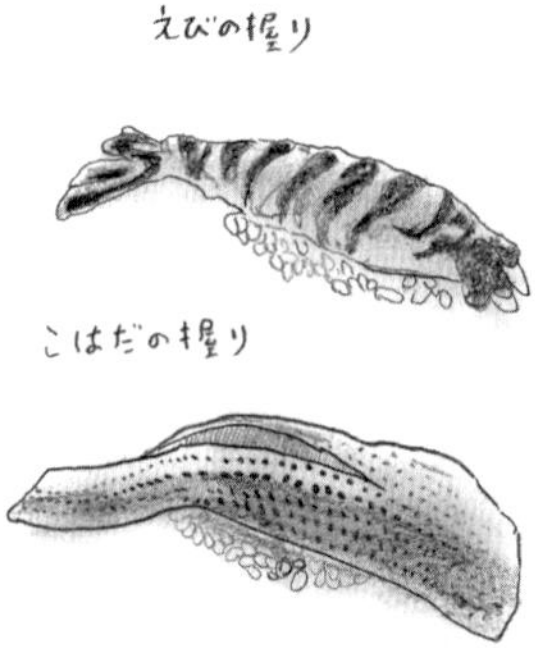

鮨　新太郎
東京都中央区銀座 7-5-4
毛利ビル B1F
03-3574-9936

銀座の交詢社《こうじゅんしゃ》通りと並木通りがクロスした角の地下一階に「鮨　新太郎」がある。毛利ビル地下一階に新派劇の舞台を思わせる造りである。店へ入ると神保町《じんぼうちょう》時代の千社札が並んでいる。

新太郎は神保町一丁目で二十七年間営業してきたが、神保町再開発工事で旧店舗を追い出され、平成十一年に銀座へ移転した。開高健が通った店である。

開高健はすこぶるつきの健啖家《けんたんか》で、料理に関する含蓄《がんちく》が深く、その舌にふれれば、あらゆる料理が本能と合体する。

性欲、金銭欲、食欲は、小説家の意識のなかでからみあい、もつれて、ときには反撥《はんぱつ》しあって昇華する。開高健は食欲をウマイ・マズイの味覚からだけで観察することを嫌った。状況なくして料理はない。ウマイ、マズイをこえたレベルで味覚がきまるのである。ただし、値が高い、安いは大いに関連する。料理の値も状況のひとつであって、味が上等で値が安いことがポイントだ。

性も金も食も、すべてがおたがい菌糸のようにからみあい、与えあい、奪いあって発現される。開高健がめざしたのは、バルザックのような破滅的な大食漢であろう。

「〝食〟は、ことに〝美食〟は、放蕩《ほうとう》であり、情婦であって、あらわには語れないことなのだった。女についての放蕩や耽溺《たんでき》はあることとないこととここを先途と書きたてるのに、死ぬまでつきまとうもう一つの深刻な欲望についてはヒタとペンをとめてしまうのだった」(「日本の作家たちの食欲」)

勧善懲悪でモノを食うのではない。自己の舌を点検して、それを伝える。小説家は言葉の職人なのだから、どんな美味に出会っても、「筆舌に尽せない」とか「いうにいわれぬ」とか、「言語に絶する」などとは書かない、と自戒した。モノを食う自己の正体を見極めようとする覚悟がある。この世の美食に牙《きば》をといで挑戦し、およそ想像しうる味覚のすべてを体験した「食魔」といってよい。

かくして、豚の子宮、フロリダの石蟹《いしがに》のバター揚げ、カスピ海のキャヴィア、ホッケの塩焼き、豚足、ツグミの焼きとり、フォアグラ、マムシのハンバーグ、とはてしなく食の地平へと向かったのだが、こと寿司《すし》に関しては、ほとんど書いていない。

銀座の高級寿司店Qへ行き、「カツオの臓物で酒盗や、アユの臓物でウルカを作ったらいかがか」、と提案し、「そういうものは作りません」といわれると「魚の腹につまっている珍味、奇味、異味の大半は残飯桶《おけ》へ捨てられてしまう」と舌打ちした。

たちむかうのは臓物系である。

開高健がいうボナンザ(大当り)料理は三つある。ひとつはヒラメの卵で、すべての魚の肝《きも》を好んだ。ふたつめはテリーヌのはしっこで、そこにこってりとしたおつゆ

番茶で柔らかく煮上げた「煮ダコ」

がたまっているからだ。三つめはサーロインのはしっこで、〃かぶり〃という霜降りの部分である。

「四川《しせん》飯店」では、正式メニューではなく、従業員用のまかない料理を注文し、紅焼《ホンショウ》肉《ロウ》（角切り豚肉とコンニャクの醬油《しょうゆ》煮込み）や連鍋湯《リエングオータン》（薄切り豚バラ肉と大根のスープ）を絶賛している。脂《あぶら》っこい裏メニューに目をつけたところに開高流の好奇心がある。これは、あながち小説家としての興味だけではないだろう。しんから、食べたかったのだ。それが五十八歳という短命の一因とも察せられる。

大阪市天王寺区生まれで、「東京へ出てきて覚えた味は寿司とそば」というほどだから、もともとは肉食を好む舌であった。

そんな開高健は、神田神保町へボストンバッグを持ってやってきて、古書をしこたま買いこんだ足で新太郎へ入った。つき出しにアナゴの肝煮が出る。見た目は黒豆煮のようだが、しっかりと甘く照りがある。年季が入ったしぶとい味で、臓物愛好系の舌が快哉《かいさい》を叫んだ。

当店名物のアナゴ白焼きは、沢煮したアナゴをあぶり、焼塩とスダチをかける。一匹一〇〇グラムほどの小ぶりのアナゴで、はためくように、皿に置かれている。皮の焦《こ》げ目がサクッと香ばしく、焼塩がチリリと舌をつつく。頭のほう三分の一はあっさりとして、まんなかは脂が濃厚でジューシー、しっぽのほうはカリッと香ばしく、一匹で味が三つに変化していく。

アナゴの握りは二種類あり、一貫は塩味、もう一貫は煮切り醬油のツメをぬっている。煮あげたアナゴだから、白焼きのアナゴとは別の旨《うま》みで、同じネタでも味が違う。

中トロは大間《おおま》産のマグロで、脂ののり加減がほどよく、旨みがはじけて目がさめる。握りをほおばった瞬間にエキスがしみ出てくる。握りがふんわりとやわらかく、シャリ一粒一粒のあいだに空気が入り、熟練の技である。

ネタ箱には、イカ、マグロ、シャコ、コハダ、アワビ、ヒラメが几帳面《きちょうめん》に並んでいて、一番奥にイカゲソがフラダンスみたいに踊っている。イカゲソを置くところに、銀座でありながら、江戸っ子の庶民性が残る。

開高健が必ず注文したのは、コハダの握りで、江戸前の極である。大阪の寿司屋では食べられなかった。酢でしめたコハダのネタには、タテに庖丁《ほうちょう》の稲光りが入って切れめがスパーンとして、開高流にいえば「舌が切りさかれるほどの鋭利な味」といったところか。酢のしめかたがシャープで、しかも脂がのっている。

新太郎にやってくるいでたちは、Tシャツにサロペット（ジーンズのつなぎ）姿で、頭にバンダナを巻き、主人のシンちゃん（斎條《さいじょう》真一）が握るそばから食べまくり、握るのが追いつかないほどだった。飲む酒は日本酒。

二十三歳で寿屋《ことぶきや》（現・サントリー）に入社してウィスキーの宣伝をしていた。二十七歳で芥川賞（『裸の王様』）を受賞してからも嘱託として社に残り、三十三歳でサン・アドの取締役に就任した。それをこう告白している。

「かつて二十数年前、私が酒の戦争の最前線の二日酔いの一歩兵だった頃、明けても暮れても日本酒とビールを敵にして宣伝文を書きまくり、ヘトヘトになっていたのだが、（中略）ウィスキーはさらに浸透しつづけ、とうとう寿司屋の棚にまで瓶がおかれるようになった。（中略）水割り、ハイボール、オンザロック、ストレート、どう演出しようと、ウィスキーが寿司や刺身にマッチするなどとは私は爪《つめ》からさきも考えたことがなかったので、この日本人の酒徒の滑脱の転変ぶり、応用ぶりには、ホトホト、呆《あき》れるやら脱帽するやらであった」（「ウイスゲ・ベーハー序章」）

味覚もまた〝もののいきおい〟によって変化していく。舌が脳なのである。食客の意識が味覚をきめ、いま流行の料理を見ればその実態がわかる。〝もののいきおい〟が味なのだ。

新太郎主人のシンちゃんは、細身長身白髪で、目もとがさわやかで、淡々とした表情で寿司を握る。無理な威勢のよさや、ことさら客の機嫌をとるようなことを言わな

塩とツメ、二つの味を楽しむアナゴ

い。店が神保町にあったころは、近くの出版社の客が多かった。老練の職人といった気配があり、女将《おかみ》の愛子さんのシャキッとした対応は神田育ちの歯切れのよさだ。開高健は、バクバク食べながら大声で好きなことをいったらしい。カレイの白身を出すと「女の太股《ふともも》やな」とつぶやき、「タイのキモはエロイわ」と感嘆した。食べるというより、呑《の》みこむようで、食客の暴力があった。

開高健がベーリング海峡へ行ったとき、シンちゃんは、「二百万円出すからつきあえ」と頼まれた。寿司職人を連れていって、釣った魚で寿司を食べようという算段だった。シンちゃんは、「店を休むわけにはいかない」と断った。

シンちゃんが断ったところ、その代りの和食の板前を連れていった、という。あくなき美食への渇望《かつぼう》は、舌のレベルではなく本能のなせる業である。ベーリング海峡へおひょうを釣りに行くことと、そこへ凄腕《すごうで》の料理人を同伴することは、観念の現実化である。頭で考え、それを実践する冒険の舌。

高名なる文士は、世間の目を気にするため、高級料亭をひいきにして通っていても、それを書こうとはしない。御馳走《ごちそう》を食べていることがばれるのを嫌う。清貧のイメージを粉飾する。

「〝食〟をあげつらうのはいやしいことだと感ずる武士道や、葉隠れや、儒教や、修身教科書などの禁欲原理に束縛されて、たとえ御馳走を食べたその瞬間には骨髄から恍惚《こうこつ》とすることはあっても、その家を出て自宅の書斎にもどると、チャッと黙ってしまうのだった」（「日本の作家たちの食欲」）

新太郎の壁に、開高健が書いた色紙二枚が飾ってある。

「入ってきて　人生と叫び　出ていって　死と叫ぶ　開高健」

「朝露の一滴にも天と地が映っている　ごぞんじ」

昭和五十七年、五十二歳のとき、上機嫌で店に入ってきて、「色紙を出せ」といって、その場でさらさらと書いた。「御存知」とは開高健がよく使った号である。

「人生」の偈《げ》は、「世間は地獄だが、この店に入ってくると喜びがある」というほどの意味だろう。

新太郎へは開高夫人の牧羊子（詩人）もよく顔を出したが、二人そろって来ることはなかった。牧羊子は「つぎに夫と娘の道子と三人で一緒にきます」といっていた。

その話を開高健と親しい編集者にすると、

「そんなことは、まず、あり得ませんな」

と、きっぱり断言した。担当編集者の予想通り、三人で新太郎へ来ることは一度もなかった。牧羊子も道子さんも亡《な》きいまとなっては、そのあたりの真相は謎《なぞ》のままで

「タイの真子のあぶり」。開高は臓物系を好んだ

ある。

開高健は「食談は食欲のためのポルノである」といってはばからなかった。「当今の男女は〝食〟にも〝性〟にもスレッカラシになっている」ため、そういった連中をムズムズさせるには力がいる。「よれよれの開高です」が晩年の口ぐせであった。美味を求めつつも、食欲の果てにある空漠を知りつくしていた。

開高健が最後に顔を出したのは昭和六十二年の大晦日《おおみそか》で、隣接する出雲《いずも》そばでそばを買って、店をちょっとのぞいただけで、軽く挨拶《あいさつ》して出ていった。没する二年前のことである。

開高健（かいこう・たけし　１９３０〜１９８９）
大阪市生まれ。寿屋（現・サントリー）宣伝部でコピーライターとして頭角を現し、昭和33年「裸の王様」で芥川賞受賞。ベトナム戦争に記者として派遣され、『輝ける闇』『夏の闇』を著す。ルポルタージュも多く、釣り旅行記『もっと遠く！』『オーパ！』などでも知られる。

あとがき

「文士の料理店」は料理がうまければそれで満足というものではない。うまいまずいのレベルを超越した欲情の中空で火花が散る。鷗外の情話『雁《がん》』が不忍池《しのばずのいけ》に飛んでくる雁の鍋《なべ》でもあり、それが蕎麦《そば》店の蓮玉庵が出す鴨の燻製《くんせい》にむすびつくのは、あながち私の妄想だけではないだろう。

松栄亭の洋風かきあげの工夫に、漱石がロンドンで過ごした消息をかいま見ることは読者次第である。神楽坂《かぐらざか》「うを徳」では鏡花がひいきにした江戸前の魚屋め組に思いをはせる。鏡花ゆかりの料亭で現存するのは神楽坂「うを徳」のみだ。あるいは六十九歳の気むずかしい荷風が通った浅草アリゾナで海老《えび》フライを食べれば、晩年の荷風の超然とした魂を追体験できる。

銀座へ行くことがあれば、茂吉が好んだ竹葉亭の鰻《うなぎ》を注文し、歌集『赤光《しゃっこう》』の照り返しで肌がジリッと熱くなる。浅草の米久《よねきゅう》の牛鍋はもうもうと煮えたち、高村光太郎を挑発した。そのパワーを見よ。銀座浜作では谷崎の『瘋癲《ふうてん》老人日記』にひそむ官能的でエロティックな夢を紡《つむ》ぐ。

こういう芸当は客にも直感的感性が求められ、安吾が通った浅草のお好み焼き屋染太郎が出す四八〇円のイカゲソ焼きに『堕落論』の空漠を感じることができるかどうか。それは客の腕にかかっている。まずは食べてみようではないか。

川端康成が二十五歳の三島由紀夫を連れて食べにいった銀座キャンドルの「高級料理」はフライドチキンで、敗戦五年後で食糧物資が極めて不足した時代にあっては、これぞ垂涎《すいぜん》の味であった。こんがりとキツネ色に揚げられたチキンは、金の延べ棒の舌ざわりであったろう。

文士の舌は時代に敏感に反応し、飢えて、吠《ほ》えて、嚙《か》みくだき、情況を見すえている。銀座のフライドチキンが高級料理であった時代を食べれば、川端の、三島のハイカラ感覚がわかる。

強欲で、乱暴で、野卑で、見栄《みえ》っぱりで、エロがからみ、そのくせ清廉を求め、料理の背後にひそむ情話を幻視している。舌が作品にからみあう。ひと筋縄ではいかない。

檀一雄が通った西新宿の山珍居《さんちんきょ》の肉ちまきをほおばると、たちまち快男児檀の放浪の誘惑にそそのかされ、そのまま町を駆け出したくなる。神保町《じんぼうちょう》ランチョンでビールを飲めば吉田健一という文士のダンディズムが乗り移る。京都上七軒の萬春《まんはる》のリンゴ・セロリーサラダには典座《てんぞ》時代の水上勉の禅味と、軽井沢の山河の風がまじりあう。

文士が通った料理店には、極上の味だけでなく、物語の断片が粒子となってひそんでいる。文士とかかわりを持った料理店は、いまはほとんどが閉店してしまったが、ここに書いた店はしぶとく残り、いずれも繁昌《はんじょう》している。そこには何かがある。料理店にとって文士は、客の一部にすぎず文士だけが客ではない。しかし、ひとたび文士と交流を持った以上、文学の念力がしみこむ。吉行淳之介は「料理の味がわからぬ女はセックスが粗悪である」と喝破した。有楽町の慶楽でレタス入りの牛肉焼きそばを食べれば、吉行流欲情の正体がぼんやりと見えてくるだろう。ということで、羞恥《しゅうち》と恋情と流浪《るろう》が渾然《こんぜん》一体となった文士愛用の料理店では、氾濫《はんらん》する料理店案内本とはまったく別の味覚を体感することになるだろう。

平成二十二年に刊行した本書の単行本版である『文士の舌』で紹介した店は、すでに二店が閉店した。この文庫本に紹介した店も、いつかは店を閉めるときがくる。『文士の料理店』には期限がある。味をたしかめるのは、いまのうちである。行くのならいまのうちですよ。健舌家諸君の健闘を祈る。

嵐山光三郎

本文カット　嵐山光三郎
本文写真　佐藤慎吾
（新潮社写真部）

本書は平成二十二年十二月、新潮社より刊行されました。
なお、メニュー、価格などは、変更になっている場合があります。

嵐山光三郎著

文人悪食

漱石のビスケット、鷗外の握り飯から、太宰の鮭缶、三島のステーキに至るまで、食生活を知れば、文士たちの秘密が見えてくる——。

嵐山光三郎著

文人暴食

伊藤左千夫の牛乳丼飯、寺山修司の「マキシム」、稲垣足穂の便所の握り飯など、食癖からみる37作家論。ゲッ！と驚く逸話を満載。

嵐山光三郎著

文人悪妻

夫は妻のオモチャである！　漱石、鷗外の妻から武田百合子まで、明治・大正・昭和の文壇を彩る53人の人妻の正体を描く評伝集。

嵐山光三郎著

芭蕉紀行

これまで振り向かれなかった足跡にもスポットを当てた、空前絶後の全紀行。芭蕉の衆道にも踏み込んだくだりは圧巻。各章絵地図入り。

嵐山光三郎著

悪党芭蕉

侘び寂びのカリスマは、相当のワルだった！犯罪すれすれのところに成立した「俳聖」の真の凄味に迫る、大絶賛の画期的芭蕉論。

吉本隆明著

日本近代文学の名作

名作はなぜ不朽なのか？　近代文学の名篇24作から「名作」の要件を抽出し、その独自の価値を鮮やかに提示する吉本文学論の精髄！

森鷗外著

雁（がん）

望まれて高利貸しの妾になったおとなしい女お玉と大学生岡田のはかない出会いの中に、女の自我のめざめとその挫折を描き出す名作。

森鷗外著

ヰタ・セクスアリス

哲学者金井湛なる人物の性の歴史。六歳の時に見た絵草紙に始まり、悩み多き青年期を経ていく過程を冷静な科学者の目で淡々と記す。

新潮文庫編

文豪ナビ 夏目漱石

先生ったら、超弩級のロマンティストだったのね——現代の感性で文豪の作品に新たな光を当てる、驚きと発見に満ちた新シリーズ。

夏目漱石著

文鳥・夢十夜

文鳥の死に、著者の孤独な心象をにじませた名作「文鳥」、夢に現われた無意識の世界を綴り、暗く無気味な雰囲気の漂う、「夢十夜」等。

泉鏡花著

婦系図

『湯島の白梅』で有名なお蔦と早瀬主税の悲恋物語と、それに端を発する主税の復讐譚を軸に、細やかに描かれる女性たちの深き情け。

泉鏡花著

歌行燈・高野聖

淫心を抱いて近づく男を畜生に変えてしまう美女に出会った、高野の旅僧の幻想的な物語「高野聖」等、独特な旋律が奏でる鏡花の世界。

永井荷風著　濹東綺譚

小説の構想を練るため玉の井へ通う大江匡と、なじみの娼婦お雪。二人の交情と別離を描いて滅びゆく東京の風俗に愛着を寄せた名作。

永井荷風著　ふらんす物語

二十世紀初頭のフランスに渡った、若き荷風の西洋体験を綴った小品集。独特な視野から西洋文化の伝統と風土の調和を看破している。

斎藤茂吉著　赤光

「死にたまふ母」「悲報来」——初版から百年近く経た今もなお、人生の一風景や叙述の深処に宿る強烈な人間感情に心震える処女歌集。

北杜夫著　楡家の人びと（第一部〜第三部）毎日出版文化賞受賞

楡脳病院の七つの塔の下に群がる三代の大家族と、彼らを取り巻く近代日本五十年の歴史の流れ……日本人の夢と郷愁を刻んだ大作。

高村光太郎著　智恵子抄

情熱のほとばしる恋愛時代から、短い結婚生活、夫人の発病、そして永遠の別れ……智恵子夫人との間にかわされた深い愛を謳う詩集。

伊藤信吉編　高村光太郎詩集

処女詩集「道程」から愛の詩編「智恵子抄」を経て、晩年の「典型」に至る全詩業から精選された百余編は、壮麗な生と愛の讃歌である。

谷崎潤一郎著
鍵・瘋癲《ふうてん》老人日記
毎日芸術賞受賞

老夫婦の閨房日記を交互に示す手法で性の深奥を描く「鍵」。老残の身でなおも息子の妻の媚態に惑う「瘋癲老人日記」。晩年の二傑作。

新潮文庫編
文豪ナビ 谷崎潤一郎

妖しい心を呼びさます、アブナい愛の魔術師――現代の感性で文豪作品に新たな光を当てた、驚きと発見がいっぱいの読書ガイド。

岡本かの子著
老妓抄

明治以来の文学史上、屈指の名編と称された表題作をはじめ、いのちの不思議な情熱を追究した著者の円熟期の名作9編を収録する。

岡本太郎著
青春ピカソ

20世紀の巨匠ピカソに、日本を代表する天才岡本太郎が挑む！　その創作の本質について熱い愛を込めてピカソに迫る、戦う芸術論。

川端康成著
掌の小説

優れた抒情性と鋭く研ぎすまされた感覚で、独自な作風を形成した著者が、四十余年にわたって書き続けた「掌の小説」122編を収録。

新潮文庫編
文豪ナビ 川端康成

ノーベル賞なのにこんなにエロティック？――現代の感性で文豪の作品に新たな光を当てた、驚きと発見が一杯のガイド。全7冊。

坂口安吾著

白　痴

自嘲的なアウトローの生活を送りながら「堕落論」の主張を作品化し、観念的私小説を創造してデカダン派と称される著者の代表作7編。

坂口安吾著

堕　落　論

『堕落論』だけが安吾じゃない。時代をねめつけ、歴史を嗤い、言葉を疑いつつも、書かずにはいられなかった表現者の軌跡を辿る評論集。

檀　一　雄著

火　宅　の　人

読売文学賞・日本文学大賞受賞（上・下）

女たち、酒、とめどない放浪……。たとえわが身は〝火宅〟にあろうとも、天然の旅情に忠実に生きたい――。豪放なる魂の記録！

檀　ふ　み著

父の縁側、私の書斎

煩わしくも、いとおしい。それが幸せな記憶の染み付いた私の家。住まいをめぐる様々な想いと、父一雄への思慕に溢れたエッセイ。

水　上　勉著

土を喰う日々

京都の禅寺で小僧をしていた頃に習いおぼえた精進料理の数々を、著者自ら包丁を持ち、つくってみせた異色のクッキング・ブック。

水　上　勉著

雁の寺・越前竹人形

直木賞受賞

少年僧の孤独と凄惨な情念のたぎりを描いて、直木賞に輝く「雁の寺」、哀しみを全身に秘めた独特の女性像をうちたてた「越前竹人形」。

新潮文庫編

文豪ナビ 三島由紀夫

時代が後から追いかけた。そうか！ 早すぎたんだ——現代の感性で文豪の作品に新たな光を当てる、驚きと発見に満ちた新シリーズ。

三島由紀夫著

小説家の休暇

芸術および芸術家に関わる多岐広汎な問題を、日記の自由な形式をかりて縦横に論考、警抜な逆説と示唆に満ちた表題作等評論全10編。

武田泰淳著

ひかりごけ

雪と氷に閉ざされた北海の洞窟で、生死の境に追いつめられた人間同士が相食むにいたる惨劇を直視した表題作など全4編収録。

山口 瞳著

行きつけの店

小樽、金沢、由布院、国立……。作家・山口瞳が愛した「行きつけの店」が勢揃い。味に酔い、人情の機微に酔う、極上のひととき。

山口 瞳著

礼儀作法入門

礼儀作法の第一は、「まず、健康であること」。作家・山口瞳が、世の社会人初心者に遺した「気持ちよく人とつきあうため」の副読本。

山口 瞳
開高 健著

やってみなはれ みとくんなはれ

創業者の口癖は「やってみなはれ」。ベンチャー精神溢れるサントリーの歴史を、同社宣伝部出身の作家コンビが綴った「幻の社史」。

吉村昭著
わたしの流儀
作家冥利に尽きる貴重な体験、日常の小さな発見、ユーモアに富んだ日々の暮し、そしてあの小説の執筆秘話を綴る芳醇な随筆集。

吉村昭著
わたしの普段着
人と触れあい、旅に遊び、平穏な日々の愉しみを衒いなく綴る――。静かなる気骨の人、吉村昭の穏やかな声が聞こえるエッセイ集。

向田邦子著
思い出トランプ
日常生活の中で、誰もがもっている狡さや弱さ、うしろめたさを人間を愛しむ眼で巧みに捉えた、直木賞受賞作など連作13編を収録。

向田邦子著
男どき女どき
どんな平凡な人生にも、心さわぐ時がある。その一瞬の輝きを描く最後の小説四編に、珠玉のエッセイを加えたラスト・メッセージ集。

開高健著
地球はグラスのふちを回る
酒・食・釣・旅。――無類に豊饒で、限りなく奥深い〈快楽〉の世界。長年にわたる飽くなき探求から生まれた極上のエッセイ29編。

開高健
吉行淳之介著
対談 美酒について
―人はなぜ酒を語るか―
酒を論ずればバッカスも顔色なしという二人が酒の入り口から出口までを縦横に語りつくした長編対談。芳醇な香り溢れる極上の一巻。

新潮文庫最新刊

佐伯泰英著
転び者
新・古着屋総兵衛 第六巻
伊勢から京を目指す総兵衛は、一行を付け狙う薩摩の刺客に加え、忍び崩れの山賊の盤踞する危険な伊賀加太峠越えの道程を選んだ。

乃南アサ著
禁猟区
犯罪を犯した警官を捜査・検挙する組織——警務部人事一課調査二係。女性監察官沼尻いくみの胸のすく活躍を描く傑作警察小説四編。

川上弘美著
パスタマシーンの幽霊
恋する女の準備は様々。丈夫な奥歯に、煎餅の空き箱、不実な男の誘いに喜ばぬ強い心。女たちを振り回す恋の不思議を慈しむ22篇。

小池真理子著
Ｋｉｓｓ
唇から全身がとろけそうなくちづけ、人生でもっとも幸福なくちづけ。くちづけが織りなす大人の男女の営みを描く九つの恋愛小説。

安東能明著
撃てない警官
日本推理作家協会賞短編部門受賞
部下の拳銃自殺が全ての始まりだった。警視庁管理部門でエリート街道を歩んでいた若き警部は、左遷先の所轄署で捜査の現場に立つ。

前田司郎著
夏の水の半魚人
三島由紀夫賞受賞
小学校5年生の魚彦が、臨死の森で偶然知った転校生・海子の秘密。夏の暑さに淀む五反田で、子どもたちの神話がつむがれていく。

文士《ぶんし》の料理店《レストラン》

新潮文庫　あ－18－11

平成二十五年六月一日発行

著者　嵐《あらし》山《やま》光《こう》三《ざぶ》郎《ろう》

発行者　佐藤隆信

発行所　株式会社新潮社

郵便番号　一六二―八七一一
東京都新宿区矢来町七一
電話　編集部(〇三)三二六六―五四四〇
読者係(〇三)三二六六―五一一一
http://www.shinchosha.co.jp

価格はカバーに表示してあります。

乱丁・落丁本は、ご面倒ですが小社読者係宛ご送付ください。送料小社負担にてお取替えいたします。

印刷・大日本印刷株式会社　製本・加藤製本株式会社

ISBN978-4-10-141911-4 C0195